J'ai décidé de te quitter

Théophile Touali

J'ai décidé de te quitter
Roman

Édition : BoD – Books on Demand, info@bod.fr
Impression : BoD – Books on Demand, In de Tarpen 42,
Norderstedt (Allemagne)
Impression à la demande
Dépôt légal : Août 2023

ISBN : 978-2-3224-8392-1

Bibliographie

- L'amante d'une nuit d'été, Roman, Avril 2021
- Au bout du chemin, Roman, Février 2019
- Au nom de l'amour, Roman, Février 2018
- Je rêve de toi, Recueil de poèmes, Août 2017
- Ma part de chagrin, Nouvelles, Juillet 2016

À Tia Paul,

7 ans que ce voyage perdure. Tu ne reviendras donc jamais. Tu es bel et bien parti pour toujours. Certains soirs, je m'attends à rentrer et entendre maman me confier « Ton père est là » ... Comme ces soirs où tu revenais du chantier après le mois passé loin de ta famille. Je courais alors te réveiller. Tu ne dormais pas. Tu m'attendais, impatient. J'avais droit à mon sourire et mon câlin particulier...

7 ans que je t'attends. 7 ans que tu ne reviens toujours pas. Hélas !

Je comprends alors pourquoi trois jours avant ton éternel voyage, Dieu nous a accordé la grâce particulière de nous revoir une dernière fois, le temps d'un week-end pour savourer en famille les prémices du paradis. Repas en famille, balade à la plage, promenade matinale, conseils et bénédictions...

Après des années sans me voir, tu me disais au revoir sans que je ne le sache. Tu pouvais partir l'heure d'après en paix, après m'avoir eu au téléphone à 22 h, t'être assuré que j'étais bien rentré. Ton préféré jusqu'à la fin. Regarde, je me suis marié. J'ai eu un autre garçon, ton homonyme. J'ai même écrit des bouquins. Mais rien ne comble le vide de ton absence. Tu me manques papa. Tu me manques énormément. Mais ne sois pas triste parce que la mort ne pourra jamais t'arracher à mon cœur. Tu es là pour toujours. Ton silence et mes larmes n'y changeront rien. Encore merci pour tout ! Que ton âme repose en paix !

Première partie
Saut dans le vide

Chapitre 1

1-

C'est ici que nos chemins se séparent. Le constat est pénible et douloureux. Je l'avoue. C'est une terrible épée, en plein cœur, qui se délecte de ma chair, de mon sang et emporte ma vie. D'un instant à l'autre, entièrement vidé de ma sève, je me poserai, enfin, comme un oiseau migrateur.

En effet, par ce soir étrange de septembre, au bout de cette agonie, je sens monter mon dernier soupir, telle une femme en proie aux terribles douleurs de l'enfantement, qui pousse, les yeux fermés, sans réfléchir, un ultime cri, de toutes ses forces, de tout son être, pour libérer enfin la vie enfouie en elle.

Ce soir, mon âme est triste mais il est temps de se conformer à cette cruelle vérité, n'en déplaise à nos rêves et promesses.

Ce soir, le silence est lourd. Seul face à ma conscience, le verdict est sans équivoque. Ce soir, le silence est pesant. Comme pour parler à mon cœur désillusionné, sans mâcher les mots.

Pas un bruit ne se fait entendre. Tout est silence ! Comme

pour boire efficacement la tasse de la rupture. Le temps s'est comme arrêté afin de déguster entièrement la saveur de la peine.

Ce soir, les grandes douleurs sont au rendez-vous et elles sont véritablement muettes.

Un grand tumulte semblable à un affreux spectacle de cacophonies et de ratés spectaculaires se déroule au fond de mon cœur. C'est un bazar ! Point visible à l'œil nu. Comme un microbe, il dévore machinalement mon ultime espérance de sa voix accusatrice, de ses reproches multiples et de ses exemples concrets et destructifs.

Fier d'avoir raison, il a réussi à me mettre plus mal en point que je ne l'étais déjà et m'abandonne à mes regrets.

J'entends perceptiblement ses fous rires qui ont le mérite de m'enfoncer davantage dans ce grand vide.

Le présent a souvent certaines réalités qui échappent au futur. Des réalités rocambolesques sur lesquelles le passé ne peut aucunement influer malgré sa somme d'expérience.

Les promesses, nos promesses… ! Les promesses ne sont en réalité que des mots, de vaines balivernes souvent lâchées dans une hystérie totale.

Dans certains cas, elles sont provoquées par un fantasme, une jouissance hors norme, un pied d'enfer, un premier baiser prometteur…

Dans d'autres cependant, elles découlent de beaux chèques en blanc gagnés gracieusement mais durement à coup de parties sexuelles crues et de gémissements déchirants, permettant néanmoins nombre de shoppings excitants.

Plus tard, on déballe les paquets de vêtements, de chaussures et de colliers avec le sourire. On compte jalousement les billets rescapés du chèque signé sans réflexion aucune par notre charmant donateur, valide le ticket donnant libre accès dans toute leur propension à l'exploration démesurée de notre corps.

Plus tard on savoure, encore couché, le regard fixé au plafond, le voyage magique en compagnie de cette véritable bombe sexuelle, cette proie délicieuse portant des dessous ensorcelants et gémissant comme une déesse.

Et c'est le délire. Les promesses fusent de partout à perdre haleine comme des balles meurtrières. On se croirait en pleine guerre. Il faut atteindre la cible, quel qu'en soit le prix.

Vaincre ou périr. C'est cela. Juste un simple jeu d'intérêt au péril de cœurs brisés, de vies arrachées, de souffles dérobés, d'espoirs essoufflés, de rêves emportés.

Seul compte les intérêts égoïstes, dissimulés habilement dans des sourires diaboliques, des caresses hypocrites et des aveux mensongers.

Insatiable, avide de sang comme des vampires en chaleur, on se réinvente à dessein, bien évidemment, pour embobiner la nouvelle conquête et lui promettre le meilleur des mondes à nos côtés.

La nuit n'a été que trop longue et ténébreuse. Le cauchemar n'a que trop duré. Il est temps de se dévêtir de sa robe lugubre, de se réveiller, d'assumer et d'apprendre de ses erreurs. Jamais, dentiste n'a soigné une dent cariée avec une caresse ou un tendre baiser.

Oui ! Je dois me résoudre à t'oublier même si cela m'arrache brutalement le cœur. Malgré le supplice indicible, je dois me résoudre à faire fi du passé et son torrent d'images remuantes et déstabilisantes, poser mes pas les uns à la suite des autres, fussent-ils fébriles, chancelants ou incertains.

Je dois essayer de me frayer un chemin dans ce noir comateux, avancer malgré l'adversité dans cet abîme sans fin, ce pur brouillard infranchissable, avancer malgré tout, à la conquête de l'inconnu.

Tu vois, les souvenirs de toi et moi, heureux, riant aux éclats, amoureux, enlacés dans les bras de la passion, joyeux, jouant à tant de jeux délirants, n'y changeront rien. Je sais que c'est bien moi qui pars mais c'est aussi moi qui ne me résous pas à vivre sans toi.

C'est un triste soir de septembre, fade et sans saveur, qui sonne la fin d'une agonie et le commencement d'une nouvelle souffrance que même les mots semblent incapables d'exprimer. Ils transpirent à grosses gouttes comme un enfant qui peine à former une lettre de l'alphabet.

Même un mois après, les mots n'ont toujours pas la force d'exprimer ma peine. Ils n'arrivent pas à franchir ce mur. Il n'en existe aucun pour décrire l'état de mon cœur en lambeaux, aucun pour peindre l'état de mon âme.

Nos chemins se séparent…

Ah ! C'est donc cela le goût de la rupture… Nauséabond !

C'est donc cela le parfum de la séparation... Funeste ! Comment vivre sans toi ? J'y ai réfléchi des nuits durant. Je me suis posé cette question dans tous les sens. En réalité, la vie à vivre sans toi, je ne sais pas.

Dis-moi comment on s'y prend pour vivre sans ton sourire et tes câlins. Comment on s'y prend pour vivre sans ta présence ?

Tu vois, je n'ai connu que toi. Je n'ai aimé que toi. Mon cœur ne bat que pour toi. L'ivresse de l'amour, les joies de la vie et l'espérance du lendemain puisent leur essence dans ton sourire. Tu es cette délicate partie de moi que le passage du rêve au cauchemar emporte au-delà des mots comme un poison intraitable.

Dans une demi-heure, ou deux, peut-être même moins, toi et moi, ce sera de l'histoire ancienne.

J'ai décidé de te quitter. Te quitter sans verser une larme. Pas même une seule. Oui, mes larmes, tu ne les mérites plus, tu ne les mérites pas. J'en ai déjà versé assez, assez pour te garder, assez pour te pardonner, assez pour t'aimer, assez pour faire table rase du passé, pour continuer à croire en un avenir lumineux à tes côtés, lumineux comme le sourire de mon amour pour toi, lumineux comme les rayons d'espérance que je portais en notre histoire.

Oui ! Notre histoire, je la voulais belle, tellement exceptionnelle, je la voulais spéciale, faite peut-être de hauts et de bas, de rires et de larmes, mais bâtie sur du solide, réelle, basée sur la sincérité. Et non sur un tissu de mensonges qui, tel un feu de paille, ne dure jamais.

Pour moi, encore aujourd'hui mieux qu'hier, rien n'égale la sincérité des sentiments. Elle parfume l'amour, le purifie, le solidifie, le rend inébranlable. Elle fait la joie du cœur ; or rien n'est semblable à deux cœurs heureux. Ils dansent à l'unisson un ballet poétique, récitent en chœur une chorégraphie sensuelle, s'enlacent, se boivent. Oui. Ils savourent à satiété les délices de l'amour et écrivent sans trembler une histoire, la leur, qui résiste aux temps et à ses péripéties. Chaque épreuve surmontée à deux les lie davantage. Leur amour gagne ainsi en maturité et en intensité.

J'ai décidé de partir. Partir sans me retourner. Je ne vivrai plus dans ce mensonge, dans cet univers artificiel semblable à un plateau de cinéma. Mon amour pour toi s'est affadi, il ne porte plus aucune saveur.

Longtemps, je t'ai protégée comme une poule rassemblant sa couvée sous ses ailes. Aujourd'hui, je n'en plus. Lessivé et usé par tant de sacrifices, je ne peux plus donner. Je suis à bout, fané comme une fleur en manque d'affection.

Dans un long soupir, je balaie du revers de la main nos rêves et promesses, nos projets d'avenir. Les yeux fermés, je fais mes valises. Je m'en vais, tu ne me reverras plus.

J'ai décidé de te quitter. Tu n'auras plus à me tromper, à me blesser, à me berner. En ce soir étrange de septembre où ton ombre plane encore dans mon cœur, emprisonné par les chaînes de ton amour, je m'en vais pour toujours.

2-

Notre chambre à coucher était un temple au design élégant et épuré. Elle reflétait le luxe, les joies et les plaisirs de la vie. C'était un endroit paradisiaque, témoin silencieux de nombres de moments uniques.

C'était une invite à l'évasion depuis son grand lit à la déco élégante, son petit canapé, sa spacieuse salle de bains et son balcon qui donnait sur la piscine et le jardin.

Tu étais ma reine et pour toi rien ne valait une fortune si cela avait la magie de faire briller tes yeux de bonheur et de réjouir ton cœur. Pour toi, rien n'était trop beau et trop cher. Tout était accessible. Tu étais ma muse et tes désirs, des délices de mon âme conquise.

Notre nid d'amour était une île de passion où tu faisais sauter machinalement les verrous de tous les interdits. De toi, j'étais ivre. Que tu m'étonnais ! Que tu m'envoûtais ! Que je t'aimais !

Je t'avais dans la peau. Il ne pouvait en être autrement.

Nous avions rêvé là. Nuit et jour. Oui ! Nous y avions dessiné un avenir plein de promesses.

Nous avions rêvé là, rêvé des enfants que l'on aurait et de tout l'amour qu'on leur porterait. On les imaginait fiers de se souvenir de nous quand on se serait endormis dans notre dernière demeure.

Vivre, c'est se préparer au quotidien à mourir l'instant d'après. Et avec toi, je profitais de chaque seconde que j'avais encore la grâce de vivre.

Nous avions rêvé là, hurlant notre bonheur dans des éclats de rire, des roucoulements et des gémissements délirants.

Je te revois, nue, scintillante comme une pierre précieuse, couchée dans mes bras, ta peau couleur chocolat, savoureuse comme un fruit sauvage, tes lèvres enivrantes comme un breuvage au parfum aphrodisiaque.

Je te revois, divinement belle, plus brillante que le diamant, assise à califourchon sur moi, m'invitant en délire au plus profond de ton miel, pour un voyage céleste.

Je te revois au bras de Morphée. Je tirais alors délicatement les draps sur ton corps angélique, sculpté à merveille par l'architecte de tous les temps.

Je te regardais dormir, heureux et fier d'avoir ton amour.

Ici, nous avons passé des instants doux, intenses, magiques, qui du reste ne s'évanouiront jamais de mon cœur, de mon âme et de mon esprit. Comme d'illustres trésors, ils restent désormais enfouis au plus profond de mon être, jalousement conservés par ma mémoire.

Pourtant, le temps passé est désormais passé. Il est bien derrière… Hélas !

À l'exemple de notre histoire, notre chambre est sens dessus dessous. J'ai du mal à m'y retrouver… Depuis des heures déjà, je tourne en rond comme une toupie. Je fais des va-et-vient interminables.

Je suis encore incapable de prendre quoique ce soit. Pourtant, je dois bien faire ma valise. Juste une seule. Ouverte, elle m'attend. Je crois l'entendre perdre patience et même me crier dessus « Qu'est-ce que tu attends, nom de Dieu ?! ».

Les mains aux hanches, j'ouvre enfin mon placard pour déverser son contenu sur le lit, notre lit. Une étrange émotion m'envahit ! Je la repousse malgré moi. La pièce est imbibée de ton parfum.

Je crois caresser ta peau en touchant les draps. Je crois explorer ta sensualité en les effleurant. Ils sont doux ! Ils sentent bon. Tu es partout !

Je sens que des torrents de larmes se préparent comme un gros orage. Je les repousse encore malgré moi. Je dois me dépêcher. Je dois tenir bon. Un homme ne pleure pas. Il a la faculté d'extérioriser sa peine. Cette maxime est sue de tous depuis l'enfance. Pourquoi devrais-je m'y soustraire maintenant ?

Je range rapidement quelques vêtements puis je me résous à me dire que finalement ce n'est plus la peine. Tout est souvenir de toi. Ma tête en est déjà trop chargée pour en rajouter, pour en porter, pour en chausser. Non ! Je n'en ai pas besoin. Tu es partout en moi ! Alors que je peine déjà à me débarrasser de ce trop-plein d'amour imputable désormais à la dépendance, pourquoi m'enfoncer davantage ?

J'ai juste besoin de mes diplômes et de mes romans. En réalité, c'est vraiment ce dont j'ai besoin dans cette immense maison. Je te laisse tout le reste. Tout !

J'imagine alors la tête de mes parents et amis. J'imagine leurs commentaires. J'aurais été ta chose jusqu'au bout. Te laisser tout ça pour n'emporter que des papiers ? Te laisser une fortune en biens matériels alors qu'on partageait à parts égales le contenu des comptes bancaires ?

Peu importe ! Assis sur le lit, je comprends seulement maintenant qu'il est des choses que l'argent ne peut acheter. Je le comprends si bien désormais.

Là, nous avions été heureux. Là, nous avions passé des moments merveilleux. Là, nous avions échangé des baisers fougueux. Là, nous avions vécu des choses qui ne se vendent nulle part. Des choses qui ne peuvent aucunement s'acheter.

Ma valise en main, je jette un tout dernier regard autour de moi en un signe d'adieu. Le silence devient encore plus lourd et ma mélancolie plus intense. Cet adieu est un breuvage imbuvable, une mixture acide, dure et âpre.

Dehors, la vue est toujours panoramique. Le soleil se couche. Mais le ciel porte désormais un voile qui masque l'horizon. Le coucher du soleil n'est plus beau à cet endroit. Il rappelle plutôt des scènes qui hachent le cœur.

Je referme la porte de la chambre derrière moi, je descends tout doucement les marches de l'escalier menant au séjour, à la salle à manger et à la cuisine. J'y suis enfin.

Notre photo de mariage souhaite encore la bienvenue aux visiteurs.

Ici, nous aimions regarder la télé, couchés sur le canapé. Là, nous faisions l'amour en écoutant la musique. Juste à côté, nous jouions souvent à nombre de jeux interdits avec des fous rires s'évanouissant dans le décor. Plus loin, on répétait encore une de tes chorégraphies folles pour épater nos amis en boîte de nuit. À la cuisine, tu nous concoctais de délicieux mets en te laissant enlacer et embrasser… Combien de fois, le dîner n'a-t-il pas cramé, occupés que nous étions à déguster d'autres mets plus sensuels ?

Je dois quitter cette pièce. Il me faut sortir de cet univers romanesque pour faire face à la réalité. La vie n'est pas un roman ou un conte de fées mais plutôt une suite de faits réels sans effets spéciaux qui débute depuis les entrailles d'une mère pour se terminer dans celles de la terre.

Mes pas s'alourdissent. Une profonde envie de pleurer m'étreint de toutes ses forces. Je me débats comme je peux pour me défaire de cette étreinte. Je sens ma poitrine se gonfler et prête à exploser. Mes yeux sont imbibés de larmes qui inondent rapidement mon visage mais je ne pleure pas. Non ! Je ne pleure pas. Un homme ne pleure pas.

Je réussis à me convaincre que m'accrocher à des souvenirs tout aussi destructeurs que les nôtres, c'est faire preuve de lâcheté. J'argumente d'ailleurs que la nostalgie est une preuve d'incapacité quand on peut encore réécrire sa vie et gommer les pans douloureux qui y font une tâche désagréable. Je me convaincs de ce fait que je reste loin de personnes qui ne peuvent se défaire du passé pour se reconstruire un avenir. Ma mémoire ne comprend rien à tous ces délires. Ma tête commence à chauffer.

Dans un long soupir, je m'effondre sur le canapé. Du revers de la main, j'essuie des larmes qui tombent de plus belle. J'ai besoin de retrouver mes esprits avant de franchir cette porte et prendre le volant.

Je respire profondément. La montée d'air dans mes poumons me fait du bien. Je sens comme une sorte de bien-être inespéré. Je ferme alors les yeux pour profiter de cet instant surréaliste, de cet univers lointain mais combien agréable.

C'est fou comme l'amour peut faire mal. C'est fou comme il peut dépouiller de toute estime de soi.

Ce séjour, au design moderne et lumineux, dessiné par toi, m'avait vu heureux et plein de vie. Il comportait encore les choses que j'aimais ; le mobilier, la télé, la chaîne hi-fi, les tableaux. Ces vanités qui ordonnaient à tous les visiteurs un certain respect, faisaient ressortir ma personnalité et inspiraient ma fierté.

Et voilà qu'elles me voyaient pleurer à chaudes larmes sans parvenir à me consoler. Tout son contenu m'avait fait rire, jouer autrefois. Mais là, aucun ne pouvait me consoler.

J'aurais pu mettre la musique pour bercer mon âme aux rythmes de sons filtrés que diffusait cette bête acquise à prix d'or. J'aurais pu regarder une série et me laisser entraîner au cœur de l'action par ce gigantesque écran futuriste, le dernier cri de la technologie. J'aurais pu m'évader au cœur d'un paysage, peint par un illustre artiste, acquis à une vente aux enchères lors d'une soirée mondaine.

Pourtant, je ne les voyais pas. J'étais tout seul. Abandonné par celle que j'aimais et lié solidement par mon chagrin. C'est cela la réalité, ma réalité. Mon être entier éprouvait une très grande tristesse et une douleur incessante.

C'est fou comme l'amour peut tout enterrer sans que l'on ait eu besoin de pousser le dernier souffle. C'est un truc de malade, qui enchaîne et projette dans le vide.

Qui pourrait, ce soir, comprendre et mesurer les souffrances qui m'affligeaient ? Assis-là, mon être entier gémissait sous le poids d'insupportables douleurs, pires que celles de l'enfantement. Elles étaient sans proportion et sans fin.

Le son du claquement de la porte d'entrée m'éveilla de cet enfer. Je me levai promptement et me retournai.

Tu étais là, surprise de me voir pendant que je tentais de dissimuler les larmes qui ruisselaient sur mon visage.

Je présumai que tu allais encore découcher vu ta tenue et la tête que tu affichais. Tu comptais sûrement prendre un bain, te changer et ressortir…

Arrêtée au seuil de la porte, tu étais magnifique tels un top model, une fine fleur d'une beauté inégalable, élégamment vêtue d'une petite robe bleue sexy assortie à ton sac à main et tes chaussures.

En temps normal je t'aurais enlacée, murmuré combien je te trouvais belle et nous nous serions embrassés passionnément. Mais nous étions désormais des étrangers qui ne partageaient plus rien ensemble.

Tu continuas de me dévisager alors qu'armé de ma valise, je me dirigeai vers la sortie. C'est fou ce que tu faisais ressentir à mon cœur.

Alors, de toutes mes forces, je priai pour franchir la porte et non te prendre dans mes bras et tout te pardonner… comme ces fois d'autrefois où je croyais que je nous donnais une énième seconde chance, certainement par peur de te perdre alors que tu ne m'appartenais pas.

— J'espère qu'un jour seulement, tu réussiras à me pardonner, dis-tu en t'écartant pour me céder le passage. Mon sang ne fit qu'un tour. Je crois que j'aurais pu commettre un meurtre à ce moment précis mais je fis mine de ne pas t'avoir entendue. C'était mieux pour toi, pour moi et pour ton amant.

3-

Arrêtée au seuil de la porte, les bras croisés, tu me regardes ranger ma valise dans le coffre et prendre ensuite place au volant de la voiture. Le regard que tu poses sur moi me glace le sang. Je n'ose l'affronter mais je le sens dans toute son intensité.

J'ai bien envie de te hurler que je n'ai pas besoin de ta compassion. C'est le monde à l'envers. Le bourreau qui se moque de sa victime. Mais bon, au point où j'en suis, tu peux bien faire la pluie et le beau temps. Je te le concède.

Je prends une profonde inspiration comme pour atténuer ma peine, puiser dans cet air les ressources nécessaires au plus profond de mes entrailles pour démarrer et m'en aller loin, très loin de toi. J'y parviens enfin dans un brutal crissement de pneus.

Quinze minutes se sont écoulées.

La nuit est tombée depuis un moment déjà. Elle est bien étrange. À un feu tricolore, un embouteillage monstre m'empêche de commettre l'irréparable. Je freine de toutes mes forces, à temps, évitant de justesse de percuter une voiture. Je lâche aussitôt des imprécations, ferme mon visage de mes mains, tremblant de tout mon être. On aurait dit une autre personne. Un tout autre moi !

Je réalise alors qu'en tout homme, vit encagé véritablement, un animal. Le mien, blessé par une flèche meurtrière, enragé, se débattait pour sortir de sa cage, retourner à la maison et refaire avec brio le portrait à Précieuse. Il espérait ainsi lui faire comprendre qu'elle n'avait pas le droit de m'infliger une aussi terrible souffrance.

Mais peut-on vraiment contraindre quelqu'un à rester quand le cœur n'y est plus ? Peut-on retenir l'être aimé par la force, la terreur ou les menaces ? L'animal en moi pouvait rêver car Précieuse demeurait la prunelle de mes yeux malgré sa trahison et je n'envisageais aucunement de lui faire mal.

Frustré, cet autre moi me renvoya à ma belle réalité avec colère. Je ne l'ignorais pas. J'étais bien seul au monde. Personne ne pouvait rien faire pour moi. Mon cœur était semblable à une ville déserte, incendiée, dont on apercevait dans le lointain le filet de fumée embrasser le ciel. En feu, il poussait des hurlements silencieux et fondait en larmes pour pleurer sa ruine et son saccage.

J'étais toujours bloqué dans cet embouteillage de merde. Personne ne voulait céder le passage. Personne ne voulait concéder un acquis. L'homme, un vrai animal, est imbu de sa personne alors qu'il n'est rien d'autre que de la poussière.

Plus tard, la présence des gendarmes appelle un peu de volonté et de bons sens. C'est pathétique. Mais bon, la voie vient d'être dégagée. Je sors de l'embouteillage. Heureusement ! Je peux enfin avancer, m'éloigner de Précieuse et des klaxons assourdissants des chauffards de la ville.

Je fais descendre mes vitres, mets le pied au plancher et me laisse bercer par le vrombissement du moteur et les caresses du vent, compagnons d'une nuit de cris et de détresse.

Cette nuit, je l'avoue est effrayante. Mon âme l'affronte, tremblante. À la conquête du bonheur, elle y a perdu sa verdeur et elle ne comprend pas. Elle s'interroge dans des gémissements étouffés par un flot de douleur. Et cette autre question revient inlassablement comme un refrain. Pourquoi est-ce qu'on tombe amoureux ? Les réponses fusent dans ma tête, presque dans tous les sens. Les mots s'envolent sur mon chemin.

Précieuse disait qu'elle m'aimait. Longtemps, elle a incarné le soleil dont le sourire illuminait mes nuits, la lumière dont la moue embellissait l'aube, ma raison de vivre. Mon équilibre ! Mon bonheur ! Oui ! C'est cela. On tombe amoureux pour être heureux. Certainement !

Le bonheur, c'est bien une aspiration personnelle et légitime. Mais alors quel mal y a-t-il à vouloir être heureux ? Quel mal y a-t-il à vouloir conserver et faire persévérer cet état quand on a l'illusion de l'avoir à portée de main ?

Précieuse ! Pourquoi nos rêves se sont-ils brisés ? Pourquoi tant de larmes versées ? N'étais-tu pas l'essence de toutes mes joies ? N'étais-tu pas la lumière qui enflammait toutes mes nuits ? Pourrais-je en toute lucidité dissocier les jours heureux et merveilleux coulés en ta compagnie du bonheur que la vie pourrait offrir ? Serait-elle encore capable de procurer d'autres sensations en dehors de tout ce que j'avais vécu avec toi ?

Il me fallait des réponses concises et précises du fond des eaux troubles dans lesquelles je naviguais. Je désirais les avoir immédiatement si bien que mon cerveau n'arrivait plus à suivre. Il baignait dans une confusion prodigieuse. Je ne parvenais plus à entendre ses balbutiements. Il était hors service, planté comme un ordinateur.

Les yeux dans le vague, je conduisais depuis deux ou trois heures peut-être. J'avais perdu la notion du temps. Il s'était figé depuis que j'avais franchi le pas du non-retour, celui de te sortir de mon cœur, de gré ou de force. J'avais perdu le sens de l'orientation. Je n'avais plus de boussole depuis que ton sourire n'égayait plus mes jours.

Ma vision était floue. Elle affichait un énorme trou noir. Où étais-je dans cette nuit ténébreuse ? Où allais-je à une aussi vive allure ? Le pied toujours au plancher, je demandais à ma berline de me faire voir ce qu'elle avait dans le ventre.

Je l'entendais bouder dans le silence de la nuit. Au bout d'un moment, je croyais t'entendre toi, bouder lorsque je refusais malgré moi de céder à un autre de tes caprices. Seul Dieu sait si tu en avais ! Je croyais te voir t'enfermant dans la chambre ou te terrant dans le canapé. L'expression de ton visage ne peignait nullement le mécontentement que tu voulais afficher pour me faire plier mais dévoilait plutôt une autre facette de ta grande beauté.

Que tu étais belle ! Mon pauvre cœur, ivre de toi, te

rejoignait alors pour te donner au-delà de ce que tu exigeais. Un sourire ensoleillait ton visage, son éclat allégeait l'atmosphère et apaisait mon cœur troublé par ta fausse tristesse. Quel piètre boxeur j'incarnais ! Toujours KO au premier round.

Les souvenirs de toi et moi défilent en boucle dans mon esprit comme sur une chaîne d'informations. Ils surpassent à eux seuls toutes les armes de destruction massive qui puissent exister. Ils me font perdre toutes mes forces et me brisent.

Comment réussir à oublier la seule femme que j'ai jamais aimée alors qu'elle coulait dans mes veines ? Je n'en avais aucune idée. Pourtant il le fallait. Il le fallait pour entamer une nouvelle vie, un nouveau départ. Il était primordial d'effacer tous les souvenirs d'elle, avec une habileté de chirurgien. Je devais non seulement laisser le passé derrière moi avec son cortège de souvenirs mais l'effacer complètement sans aucune possibilité de restauration.

J'étais à la croisée des chemins. Là où le compromis n'a plus de place. C'était un impératif d'oublier Précieuse. N'en déplaise à mon cœur meurtri. Elle n'avait jamais existé. Je ne l'avais jamais rencontrée, aimée, encore moins épousée. J'avais besoin d'une chirurgie à l'ancienne. Sans anesthésie.

Un jour, un ami m'a confié que sa nouvelle compagne avait honte de son ex. Elle ne supportait pas s'être envoyée en l'air avec ce dernier. Il la répugnait. Elle ne supportait pas lui avoir livré sa nudité, lui avoir offert son corps et l'avoir laissé la pénétrer à satiété durant des années.

Cet aveu traumatisait mon ami. Le pauvre, il redoutait l'instant où elle parlerait de lui avec autant de dégoût si leur histoire n'aboutissait pas. Il n'avait pas tort. L'amour est une entreprise dangereuse. Un investissement jouissif mais incertain. C'est une guerre dont l'issue n'est pas toujours heureuse. Mais bon, certaines exceptions faisaient encore la beauté de ce saut dans le vide.

En son temps, Précieuse et moi faisions l'exception. J'avais donc bombardé fièrement mon ami avec des exemples de nous deux, des exemples à faire baver plus d'un et à remplir l'univers tout entier. Je l'avais gonflé à bloc si bien qu'il était on ne peut plus optimiste.

Aujourd'hui, ces exemples, utiles hier, jouaient en ma défaveur. Je ne supportais pas d'avoir livré mon cœur à Précieuse. Exactement comme la nouvelle compagne de mon ami. L'envers d'un décor, ça n'arrive pas qu'aux autres.

Je continuais de conduire, pied au plancher dans cette nuit silencieuse. Le paysage endormi depuis des heures déjà entonnait maladroitement une bruyante berceuse, relayée avec peu de conviction par le sifflement des oiseaux. Fidèles compagnons de ma déroute, nous faisions chemin ensemble. Le vent par son souffle frais suivait mon rythme en caressant nerveusement ma peau tandis que les phares de la berline continuaient de déchirer l'obscurité dans le lointain pour tracer ma route.

Au fil des kilomètres se déroule le film de ma vie, de toute une vie, épanouie, joyeuse, superbe mais aussi cauchemardesque et douloureuse.

Soudain, le spectacle fut brutalement interrompu par le reflet de plusieurs lampadaires. Aussi invraisemblable que cela puisse paraître, je venais d'arriver à Yamoussoukro. Je venais de parcourir plus de deux cents kilomètres sans le réaliser, on eût dit un somnambule dans ses prouesses.

Comme si la réalité dépassait la fiction, je me garai de manière spontanée et me pris la tête entre les mains. Avais-je sombré dans un gouffre jusqu'à ce point ? Que faire maintenant ? Je ne pouvais pas retourner à Abidjan, il était pratiquement minuit, même si cela n'était pas implicitement une contrainte. La fatigue par contre si.

À moins que je ne veuille me suicider. Tout était encore flou et confus dans ma tête. J'avais besoin de repos. La nuit me porterait peut-être conseil. Je franchis l'entrée de l'hôtel Président qui depuis mon temps de méditation m'ouvrait les bras. J'ignorais ce qui m'y attendait.

Chapitre 2

1-

Depuis le seuil de la porte, Mya avait suivi la voiture du regard jusqu'à la perdre de vue, là-bas à l'angle de la rue, cinq cents mètres plus loin. Noam était parti. C'en était fini de leur histoire. Elle avait cessé d'être sa princesse, l'élue de son cœur. Cette vérité lui procurait une sensation étrange. Il ne lui avait pas adressé de mots, pas un seul. Même pas un regard. Il n'y était plus parvenu depuis la nuit dernière. Elle devait le répugner… Il en avait toutes les raisons et elle comprenait cet état de fait. Cette une bien triste réalité. Le conte de fées s'achevait de la pire des manières. Le rêve était terminé.

Mya ferma les yeux pour expulser les larmes rebelles qui s'étaient réfugiées sur son beau visage. Elle leur interdisait de la culpabiliser davantage. Hier, enlacés, la tête remplie de rêves et de projets, ils franchissaient cette belle demeure pour construire l'avenir. Malheureusement, Noam en ressortait aujourd'hui, meurtri et dévasté.

Elle n'avait jamais voulu que les choses se passent de la

sorte. Mais trop souvent, contre toute attente, les choses se passent comme elles-mêmes le souhaitent sans prendre conseil ou encore prévenir.

Mya se souvint de cet après-midi-là. Elle avait expliqué à Karl que ce n'était pas le moment encore moins le lieu. Elle l'avait même supplié. Mais il n'écoutait rien… Et lorsqu'il posa ses lèvres enivrantes sur les siennes, toutes ses forces la lâchèrent. Elle n'avait plus eu de résistance sinon des encouragements et des prières qu'il intensifiât ses caresses, la libérât de sa robe moulante, découvrît son corps en transe, l'étreignît fortement à lui faire perdre haleine et la pénétrât vigoureusement sans jamais s'arrêter.

Tous deux n'avaient pas entendu Noam rentrer. Pendant combien de temps, l'avait-il regardée, elle sa précieuse, se faire chevaucher là sous ses yeux, dans son canapé ? Pendant combien de temps, l'avait-il écoutée, elle la femme de sa vie, gémir et encourager son bel étalon à continuer de la combler ?

Mya ne le saurait jamais. Descendue de son envol céleste, elle l'avait aperçu, là, figé tel un portrait quelconque. Mais un portrait, ça ne vomissait pas ses entrailles, ça ne se courbait pas sous le poids de la douleur, ça ne perdait pas connaissance, ça ne s'écroulait pas.

Quelle soirée cauchemardesque ! Noam la passa à la clinique. Mya hésita à informer ses beaux-parents et sa propre famille. Qu'allait-elle leur dire ? Comment allait-elle le formuler ? Pourtant, il le fallait. Au réveil de Noam, ils étaient tous là. Dieu qu'elle était paniquée. Elle était certaine qu'il étalerait son ignoble adultère sur la place publique. Il n'y avait aucun doute. Elle serait lapidée par ses beaux-parents qui n'avaient jamais cru en la sincérité de ses sentiments pour leur fils. Mais il n'en fit rien. Il expliqua qu'il s'était juste senti mal et s'était effondré. Une fois encore, il l'avait protégée. Il l'avait toujours protégée envers et contre tout.

Pendant ce temps, Dame Assayi la mère de Mya lui déroulait le tapis rouge. Quelle épouse modèle elle incarnait en dépit de l'étiquette d'opportuniste et d'arriviste qu'on lui collait à tort ! Que se serait-il passé si une fois encore sa fille n'avait pas été là pour conduire son cher et tendre époux à la clinique ? Mya dévisagea sa génitrice dans un soupir qui lui recommandait pour une fois de la fermer. Mais cette dernière était inarrêtable. Elle ressentait toujours le besoin de vendre les mérites de son enfant à ses beaux-parents, notamment à la mère de Noam.

Ce soir-là cependant, Mya prit sa mère de côté pour lui avouer son méfait. Elle avait besoin de soulager sa conscience, d'avoir une complice qui l'aiderait à se porter mieux. Dame Assayi poussa un hurlement, un de ces cris qui déchire le cœur et qu'on n'oublie jamais. Le visage inondé de larmes, elle s'affaissa à même le sol. L'horreur qu'elle venait d'apprendre lui donnait des vertiges et l'empêchait de respirer convenablement. Son cœur était attaqué. On dut la secourir d'urgence.

Les interrogations étaient sur tous les visages et toutes les lèvres. Mais mère et fille avaient perdu l'usage de la parole. Elles s'étaient murées dans un silence impressionnant. Toute vérité n'est pas bonne à dire…

Dame Assayi pouvait le confirmer vu qu'elle l'expérimentait crûment sur une civière. Elle l'avait habilement fauchée sur son chemin et terrassée en l'éclaboussant de son odeur nauséabonde. On aurait dit un uppercut de Mohamed Ali. Les yeux fermés, elle pleurait toutes les larmes de son corps. Pourquoi sa fille l'avait-elle déshonorée à ce point ? Était-ce pareille éducation qu'elle s'était évertuée à lui donner ?

Une épouse, c'était la joie de son mari et ça ne descendait pas aussi bas. Une épouse, c'était le trésor de son homme et ça ne livrait pas son corps comme une vulgaire prostituée… Et puis, une femme censée pouvait-elle tromper Noam ?

2-

Mya poussa un long soupir tout en refermant la porte derrière elle. Une histoire qui finit laisse forcément des traces, des marques, des coups, des souvenirs. Mais cette nuit, aucune pensée noire ou un reproche quelconque ne lui gâcherait cet instant mémorable. Elle pouvait enfin humer à pleine poitrine l'odeur de la liberté. Elle dégageait un parfum subtil et agréable. Oui ! Mya était enfin libre de vivre cette passion dévastatrice qui la dévorait depuis quelques mois. Elle pouvait se laisser porter par ce doux feu qui électrisait délicieusement son corps. Désormais, elle pouvait s'éclore comme les roses du printemps et voler les yeux fermés comme des papillons aux mille et une couleurs. Jamais, elle n'avait ressenti quelque chose de si fort et de si bouleversant. Jamais, une aussi brillante flamme ne l'avait éblouie au point de ne vivre que pour elle.

Une femme amoureuse est une belle fleur vulnérable et fragile qui ne peut vivre sans la présence de son bien aimé. Dommage que sa mère ne le comprenne pas et continue de la traiter de diablesse. Comment une mère pouvait-elle renier sa propre fille juste parce qu'elle avait décidé de sortir d'une prison dorée pour écouter son cœur ?

Mya monta les marches de l'escalier en chantant. La liberté était belle. Elle luisait comme une lampe qui brille dans un lieu obscur, comme une étoile dont le charme enfièvre les cœurs.

Karl avait réveillé son cœur. Sa présence lui avait insufflé une dynamique nouvelle, un battement nouveau. Son être était en paix quand il posait les yeux sur elle, la prenait dans ses bras et l'entraînait par ses baisers et caresses dans des univers surréalistes, jamais espérés. Il avait fait tomber un voile et son lot d'illusions. Le sourire de Karl l'avait sortie des profondeurs des ténèbres où l'amour et la fortune l'avaient ensevelie. Il lui avait ouvert les yeux. Elle était maintenant une femme, une vraie.

La vie sans Karl n'était plus envisageable. Elle serait semblable à une fontaine sans eau.

La chambre n'était pas fermée. Elle reposait dans un piteux état inspirant une sensation morne. La vie s'en était enfuie, la plongeant dans une ambiance blafarde. Les éclats de rire s'y étaient tus pour laisser régner le silence. Elle n'avait plus d'âme. Plus rien !

Mya fut éclaboussée par cette grande tristesse dès qu'elle franchit le pas de la porte. Son cœur en fût troublé comme agité par un tourbillon. Aussi la chassa-t-elle en chantant à haute voix comme une gamine repoussant les fantômes de son imagination. Cependant, plus elle élevait la voix, plus celle-ci sonnait faux.

Mya se mit alors à chercher la commande de la chaîne hifi afin de mettre la musique et se faire aider. Mais tout était sens dessus dessous. Le passage de Noam n'avait pas arrangé les choses. Son placard était encore ouvert. Le lit et tous les environs étaient remplis de ses affaires. Mya ne se découragea pas pour autant. Elle finit par dénicher la commande de sa cachette, balança le volume à fond, un gospel dont elle connaissait toutes les paroles.

Mya se laissa pénétrer par les notes qui avaient inondé la pièce. Elles étaient sublimes et adoucissantes. Elles lui faisaient du bien, apaisaient son âme. Les yeux fermés, elle se dénuda et se fit couler un bain délicieux.

Ce n'était plus une espérance lointaine, un souhait irréalisable ou un rêve inaccessible. Noam était parti. Il avait enfin quitté sa vie. Plus besoin de mensonges en tous genres. Elle n'aurait plus à se donner à lui tout en pensant à Karl. Elle n'aurait plus à l'accepter en elle tout en inondant les draps de ses larmes secrètes, comme ces nuits où elle se cachait par la suite dans la douche pour pleurer. Pleurer son amertume et son dégoût. Elle n'aurait plus à le repousser, à éteindre son envie de lui faire l'amour avec des prétextes fallacieux alors que l'heure d'avant seulement, elle s'était envolée en compagnie de son Karl dans des gémissements délirants.

Mya ne supportait plus la personne de Noam et le son de sa voix. Son cœur ne ressentait plus rien pour cet homme à qui elle avait juré fidélité et une vie à ses côtés pour le meilleur et le pire. Il la mettait hors d'elle et sans le faire exprès, elle ne pouvait pas ne pas le repousser. C'était plus fort qu'elle. C'était fini depuis le jour où elle avait fait la rencontre de Karl. Elle ne saurait l'expliquer. Ça ne pouvait s'expliquer.

Avec Karl, Mya vivait quelque chose de magique et d'extraordinaire mais elle n'avait pas eu le courage d'informer Noam. Il lui faisait de la peine et elle redoutait que cette vérité ne le tue. Du plus profond de son cœur, elle ne supportait pas le mal qu'elle lui faisait mais elle était incapable de lui dire la vérité encore moins de résister à Karl. Toutes les vérités ne sont pas bonnes à dire.

Durant des mois donc, Mya avait dû se sacrifier. Chaque rapport sexuel avec Noam était désormais un supplice. Elle était ailleurs, indifférente et plaintive. Tout homme aurait compris par son attitude que sa femme le trompait. Pourtant il continuait de l'aimer et de la combler.

Mya songea encore à cet après-midi. La goutte d'eau de trop. La jeune femme déplorait encore les circonstances de la rupture. Noam n'aurait pas dû voir ça. Il ne méritait pas cet ultime coup de poignard. Mais avec du recul, comme dirait l'autre, mieux vaut une fin effroyable, qu'un effroi sans fin. Ils étaient tous deux désormais libres. Noam n'aurait plus à souffrir en silence, enchaîné par amour pour elle. Jamais elle n'oublierait cet homme exceptionnel, tellement aimant qui, à ses côtés, n'avait cessé malgré l'adversité et les vicissitudes de la vie d'honorer la promesse qu'il lui avait faite le jour de leur rencontre. Elle espérait vivement qu'avec le temps, il réussirait à l'oublier et à lui pardonner.

3-

Mya sortit de son bain en chantant. Elle fit son plus beau sourire à la gigantesque glace qui peignait fidèlement sa sculpturale silhouette. Elle était incroyablement belle et extrêmement séduisante. Quand elle apparaissait dans n'importe quel endroit, la jeune femme faisait se retourner toutes les têtes pour contempler sa gracieuse plastique.

Une serviette nouée autour de la taille, Mya se fit une beauté bien qu'elle n'en eût aucunement besoin. Elle fouilla ensuite sa garde-robe, opta pour une lingerie envoûtante, un string sexy proposant une très belle dentelle, un joli brodé sur le devant et une petite ouverture triangle sur le haut des fesses. Elle brûlait de désirs en songeant à la réaction de son amant.

Satisfaite de son choix, la jeune femme enfila à la suite une robe courte assortie avec des manches longues et un beau décolleté, qui enveloppait parfaitement son corps angélique. Elle étincelait comme un diamant. Devant la glace, elle s'admira une dernière fois en pivotant sur elle-même comme une princesse.

Cette nuit, elle la voulait spéciale et torride. Elle franchirait tous les interdits sans avoir à culpabiliser ou à fermer son téléphone portable. Elle était enfin libre.

Mya descendit l'escalier, rêveuse et folle de désirs. Toutes les fois qu'elle devait rencontrer Karl, c'était le même sentiment. La même sensation. Cette fièvre délicieuse de se retrouver dans ses bras et de s'y abandonner. Personne au monde ne la mettait dans un tel état. Elle n'avait jamais ressenti cela auparavant.

Karl avait réussi à la rendre folle amoureuse de lui, à allumer en elle une passion redoutable. Il ne lui portait pas seulement une attention particulière, il ne l'entraînait pas seulement au septième ciel comme un dieu. Non ! Il représentait l'air qu'elle respirait. Il était son souffle de vie. Avec lui, elle était une femme comblée et satisfaite.

Elle traversa le salon sans se retourner, referma la porte derrière elle et sauta dans son élégante Audi A1, offerte des mois plus tôt par son époux Noam lors de la célébration de leurs noces de bois.

À cette heure-là, la jeune femme trouva la circulation assez fluide. L'air était pur et frais. Mya conduisait en chantant, l'esprit bercé par l'amour de Karl, ses caresses et ses promesses. Elle ne mit d'ailleurs pas longtemps à stationner au parking de son immeuble et à sonner à son appartement. Elle connaissait le chemin par cœur, pouvait y arriver les yeux fermés.

Il lui ouvrit avec un large sourire, la contempla avec émerveillement, la complimenta avec une aisance poétique pour son plus grand bonheur et la plaqua enfin contre le mur pour un baiser tendre et langoureux. Mya avait l'impression que son cœur allait s'arrêter de battre tant il cognait fortement dans sa poitrine.

Cette nuit avait pour elle un sens profond. Elle n'était plus l'épouse infidèle, impudique et adultère. Non, cette nuit, elle était une jeune femme aimante qui se laissait déflorer comme une vierge par son prince charmant. Comme elle était heureuse dans ses bras ! Comme elle adorait qu'il la touche, la caresse, et découvre son corps qui frissonnait de plaisir !

Les yeux fermés, elle savourait les mains de Karl qui remontaient sa robe et ses doigts qui exploraient délicieusement tout son être. Mya pleurait de bonheur. En l'espace d'un instant, ils se retrouvèrent sur le canapé, enlacés tels des siamois. Karl intensifiait ses douces caresses sur le corps en transe de sa compagne, depuis sa poitrine, ses tétons et son nombril. Mya n'en pouvait plus. Elle gémissait, le suppliait, hurlait qu'elle l'aimait de tout son cœur… Karl aimait faire monter son excitation et lui faire perdre la tête. Il adorait l'avoir à sa portée, suppliante, vulnérable et fragile.

Aussi continua-t-il de l'ensorceler, léchant délicatement ses seins et ses jambes en feu. Mya gémissait, s'agrippait aux coussins, et se tortillait dans tous les sens. Alors il la délivra, retira enfin son string et s'aventura à la conquête de son trésor. La bouche ouverte, le souffle coupé, les yeux fermés, la jeune femme serrait son prince charmant de toutes ses forces au fur et à mesure qu'il entrait en elle.

Quels moments d'extase ! Mya aimait le côté généreux de Karl, imprévisible et spontané mais soucieux du plaisir de sa partenaire. Elle adorait frissonner entre ses mains expertes. Elle adorait toutes les choses magiques qu'il lui faisait. Elle l'aimait au-delà de l'imaginable.

— Je t'aime tellement, confia Karl en comblant de douces caresses Mya blottie dans ses bras.

— Ça fait du bien de l'entendre car tu es toute ma vie. J'ignore ce que tu m'as donné mais je ne peux plus me passer de toi, répliqua-t-elle.

— Dommage que tu sois mariée, regretta Karl dans un soupir. Mya se releva, se redressa et dévisagea son amoureux avec un sourire malicieux. Karl qui ne comprenait pas son attitude se redressa aussi et l'interrogea du regard.

— Il est parti. Noam a quitté la maison avec toutes ses affaires. Cette fois, c'est bien fini. Je suis toute à toi.

— Sérieux ? demanda Karl qui lâcha Mya et se leva promptement du canapé.

— Je suis libre mon cœur. Toi et moi, c'est pour la vie désormais, confia-t-elle, le visage rayonnant de bonheur.

Karl se tenait toujours debout, tournant en rond sur lui-même comme un animal pris au piège. Il avait du mal à cacher son désarroi. De grosses gouttes de sueur se mirent à dégouliner sur son visage.

— Comment a-t-il pu oser le salaud ? Ce n'est pas possible ! marmonna-t-il. Mya crut cauchemarder en entendant ses propos. Elle, qui avait pensé qu'il sauterait de joie, la prendrait dans ses bras et danserait avec elle. Là, elle avait l'impression que son monde s'effondrait car Karl affichait un regard mauvais et une attitude pour le moins inattendue.

— Qu'est-ce que tu dis ? s'offusqua-t-elle. Il ne lui répondit pas. Il était ailleurs. Elle lui demanda à nouveau mais c'est son silence qui lui répondit. Alors en pleurant, elle se leva du canapé, ramassa ses vêtements éparpillés dans l'appartement, s'habilla et sortit. Karl la rattrapa au parking. Elle n'avait pas encore eu la force de démarrer la voiture mais inondait le volant de ses larmes amères.

— Excuse-moi mon cœur, c'est juste que je n'en reviens pas, on va enfin vivre la vie à laquelle on a toujours rêvé, dit-il après un long silence, une éternité pour Mya qui tremblait de tout son être.

Chapitre 3

1-

Samantha était une vraie croqueuse d'hommes. Une experte en relations libres sans engagements ! Les coups d'un soir n'avaient pas de secrets pour elle. C'était une équation insoluble que de se hasarder à dénombrer les cœurs qu'elle avait brisés.

En effet, aucun homme ne lui résistait car Samantha était une reine de beauté avec des charmes exotiques. Son visage était un tableau d'une perfection divine. Du regard de la jeune femme se dégageait une lueur fascinante, captivante et ensorcelante. Son sourire était un soleil qui réchauffait les cœurs.

Les hommes, elle en accumulait dès qu'elle levait le petit doigt. Ils bavaient tous devant son corps de rêve comme une meute de chiens en chaleur.

Samantha, une terreur pour la gent masculine. Elle collectionnait les hommes sans état d'âme et n'hésitait pas à les jeter quand elle en avait sucé la dernière semence.

Héritière d'une fortune colossale, c'est elle qui décidait qu'une aventure était terminée. Il n'en avait jamais été autrement. D'ailleurs, ça ne durait jamais plus que le temps d'un week-end sinon deux, tout au plus. Il y avait tellement d'hommes sur la terre et tellement de sensations à explorer qu'elle ne s'emmerdait pas avec la fidélité. Aussi Samantha pouvait-elle se vanter d'avoir un bon palmarès.

Un jour, un de ses amants d'un soir, qu'elle venait de plaquer, lui avait craché qu'elle était une vraie salope. Comme elle s'était marrée Samantha ! Tous les hommes n'étaient-ils pas des salauds de la pire espèce ? N'étaient-ils pas des insatiables avec un grand « i » ? Pouvaient-ils résister à une femme et à l'envie pathologique de s'envoyer en l'air avec la première venue ? Étaient-ils différents de leur père Adam, plus préoccupé à se branler qu'à veiller sur le paradis à lui confié par le Créateur ? L'homme n'avait su que répondre à cette réplique stupide à part signifier à la jeune femme qu'elle était folle et qu'elle avait besoin de se faire soigner. Sur quoi, Samantha lui avait rétorqué avec un sourire qu'elle n'était pas une folle mais une sorcière. Cela n'était pas totalement faux. La jeune Samantha était une véritable lumière qui ensorcelait les hommes de tous les âges. Elle incarnait la tentation même, les attirant par sa personnalité et son physique. Elle avait tous les atouts pour faire vibrer le plus saint des hommes.

Et cette nuit, elle semblait jeter son dévolu sur un bel homme, un solitaire, confortablement installé à un des salons VIP du bar de l'hôtel Président.

2-

Samantha dévorait Noam du regard depuis qu'il avait franchi l'entrée de l'espace réservé aux clients fortunés de l'hôtel. Ses copines et elles, avec qui elle faisait la fête, avaient d'abord pensé que Noam était accompagné. Elles attendirent en vain l'heureuse élue.

— Encore un qui trompe sa femme, déprima Maeline.

— Je suis certaine qu'il attend sa maîtresse, renchérit Elyna.

— Je miserai plutôt sur une prostituée, soutint Noélie.

— Quant à moi, je trouve qu'il est beau, charmant et élégant. Qu'il soit accompagné ou pas, j'aurai son numéro, répliqua Samantha.

— Tu exagères ma chérie. C'est toi seule qui connais les bonnes choses quoi ? Celui-là, je le veux aussi. J'aurai aussi son numéro, nota Noélie.

Les jeunes femmes éclatèrent de rire. Les deux candidates se chamaillèrent un bref instant, avec des cris et de grands éclats de rire puis avec l'arbitrage des deux autres, elles décidèrent de tirer au sort celle qui aurait le privilège de prendre le numéro de Noam. Le sort tomba sur Samantha. Hyper contente, elle commanda une autre bouteille de liqueur pour consoler la candidate malheureuse.

La soirée battait son plein. Le bar était bondé et le DJ égayait sa clientèle avec des sons du top 50 des belles sonorités du moment. C'était le délire sur la piste de danse. Samantha et sa bande assuraient le show. Plusieurs hommes les avaient dans leur viseur depuis les célibataires jusqu'aux hommes mariés. Les managers et les serveuses se chargeaient de passer le numéro de tel à un tel autre dans une ambiance hystérique et haute en couleur. L'alcool coulait à flots, les cris et le vacarme aussi.

Samantha commença à perdre patience. Deux heures qu'elle épiait Noam. Aucune femme ne l'avait rejoint. Il buvait à peine. Elle se demandait bien pourquoi il avait commandé une grande bouteille de liqueur vu qu'il n'aurait même pas été capable de finir une demi-bouteille. Il ne dansait pas, levait à peine la tête pour regarder autour de lui. Il était ailleurs dans un vacarme aussi ahurissant.

— Ça ne peut pas continuer, lâcha-t-elle. Les filles ne l'entendirent pas à cause de la musique. Elles continuaient de boire en riant et chantant.

— Je dis, ça ne peut pas continuer ! hurla-t-elle pour gagner leur attention.

— Qu'est-ce qui ne peut pas continuer ? demandèrent ses amies en chœur.

— Il ne peut pas continuer à m'ignorer, dit-elle.

— T'es saoule ou quoi ? Comment t'ignorer s'il ne te connaît même pas ? demanda Maeline.

— Je suis certaine qu'il s'est fait doubler et qu'il n'en revient pas, renchérit Elyna.

— Ça sent plutôt le chagrin à l'état pur. Je crois qu'une

femme lui a planté un couteau dans le cœur, observa Noélie.

— Eh bien, je vais lui faire une chirurgie, confia Samantha qui se leva d'un bond pour rejoindre le salon VIP de Noam, bousculant la table et renversant le verre de Noélie sur sa robe. Les jeunes femmes tentèrent de la retenir mais en vain et la regardèrent faire pendant que leur amie nettoyait sa robe en débitant des jurons à l'encontre de Samantha.

3-

Noam dévisagea, effrayé, la belle jeune femme qui avait pris place à ses côtés et se servait de la liqueur, sa bouteille de liqueur, sans sa permission. Il l'interrogea du regard.

— Je suis Samantha. Je ne supportais pas de vous voir sombrer devant une aussi délicieuse liqueur alors je suis venue vous sauver, répondit-elle avec son plus beau sourire d'un air calme et serein. Noam fronça les sourcils et la fixa d'un regard vide.

— J'ai lu que la vie ne s'arrêtait pas quand bien même une histoire d'amour s'achevait, poursuivit-elle nullement intriguée par l'extrême tiédeur de son interlocuteur silencieux. Noam eut un petit sourire aux coins des lèvres. Mais il ne lui répondit rien. Il se servit plutôt un nouveau verre.

— Votre second verre depuis que vous êtes assis. Et dire que mes copines ne croient toujours pas en mes talents de magicienne, dit-elle.

Noam eut un vrai sourire cette fois. Son visage s'illumina.

Samantha sentit comme une décharge électrique lui traverser tout le corps.

— Vous avez un beau sourire. Ne portez pas le poids du monde sur vos épaules. Souriez, en dépit de tout. On n'a qu'une vie et elle mérite pleinement d'être vécue, confia Samantha en portant son verre à la bouche.

— Vous êtes quoi, une sorte de voyante ou de psychologue ? demanda enfin Noam. La jeune femme éclata de rire.

— Gloire à Dieu. Vous n'êtes pas sourd-muet. Je ne suis ni l'une ni l'autre. Je suis une sorte d'allumeuse et d'ensorceleuse mais pas prostituée pour clarifier les choses. Noam eut un nouveau sourire.

— Je dirai plutôt une faiseuse de miracles. Merci infiniment, vous avez réussi à me faire sourire, dit-il après une profonde inspiration.

— Tout le plaisir est pour moi…, dit-elle en le dévisageant.

— Je suis Noam. Enchanté de faire votre connaissance Samantha. Ils échangèrent un sourire complice comme de jeunes amoureux. L'instant d'après, sur l'insistance de la jeune femme, ils dansèrent enlacés l'un à l'autre sur la piste pour le grand bonheur des amies de Samantha. Elles la vénéraient pour son habilité à se faire tous les hommes qui lui plaisaient.

Chapitre 4

1-

Je me réveillai en sursaut. J'avais terriblement mal à la tête et une gueule de bois effroyable. Mais ce n'était pas le fait le plus inquiétant. J'étais couché à poil dans une suite qui n'était pas la mienne. Qu'est-ce que je faisais là ? Comment y avais-je atterri ? Je n'en avais pas la moindre idée. Tous mes souvenirs s'étaient volatilisés comme par enchantement m'abandonnant là au milieu de nulle part. Je voulus me lever mais je n'y parvins pas. J'avais mal partout.

De ma couchette, je scrutai le plafond, l'exhortant à stimuler ma mémoire afin de retracer le film des événements de la veille au soir car mes vêtements traînaient sur la moquette au pied du lit et une silhouette prenait son bain sous mes yeux à travers une porte vitrée.

Je me pris la tête entre les mains conjurant mes souvenirs de me venir en aide. De faire un effort ultime. Mais le trou noir demeurait.

Des interrogations assaillirent mon esprit troublé. Les

tableaux qu'elles me présentaient étaient des plus sombres.

En effet, je pouvais être à la merci d'un maître-chanteur s'il possédait des photos ou des vidéos de moi, couché ivre mort à poil ou sautant une prostituée. Là encore je pouvais payer. Les dégâts ne seraient simplement que d'ordre financier. Par contre, qu'adviendrait-il de mon honneur si ces photos ou vidéos faisaient la une des réseaux sociaux et de la presse ? Ce serait un suicide. L'honneur n'a pas de prix. C'est toute une vie qui s'effrite avec lui. Il n'y en a pas deux. Il est comme le souffle qu'on acquiert depuis les douces entrailles d'une mère et qu'on lâche pour les profondeurs poussiéreuses de la terre. Loi divine oblige. Nul n'est éternel.

Je n'avais jamais eu aussi peur de ma vie. Je tremblais de tout mon être, mesurant nettement l'ampleur de la merde dans laquelle je m'étais embarqué. Mais je me devais de garder mon calme, inspirer, expirer, attendre patiemment que cette silhouette sorte et que nous parlions. Le pire n'était peut-être pas encore arrivé. Je pouvais toujours négocier, arriver à un compromis et m'en aller sans me retourner.

Pour la première fois de ma vie, j'allais avoir un secret personnel, honteux et scandaleux que j'enfouirais au tréfonds de mon être pour le restant de mes jours.

Une fois encore, je voyais la fragilité de la vie et son flirt avec la mort.

Pour nombre de personnes, j'étais un modèle. Pourtant, si les images de cette supposée nuit de débauche fusaient dans la presse et autres réseaux sociaux, ce serait ma fin. La fin. Quelle fin !

Il y a peu, je me vantais de n'avoir jamais trompé Précieuse. Elle était mon seul et unique amour depuis dix ans. Je m'étais abstenu pour elle jusqu'au soir de mes 25 ans. Et le ciel m'avait comblé en cette nuit exceptionnelle. Précieuse m'enivrait de son délicieux nectar en explorant le septième ciel. Elle y avait déjà voyagé avec un autre garçon avant moi. Mais je n'avais rien à craindre. C'était son ex. Une histoire ancienne. C'était fini depuis et elle ne vivait que pour moi désormais.

La suite par contre, je la connaissais. Un voyage dans les profondeurs de l'abîme, pieds liés, mains attachées dans le dos, l'être contraint à boire cette mixture répugnante et nauséabonde aux effets oh combien dévastateurs.

Le temps est têtu. Il a toujours raison. La vie est fragile ! L'amour aussi. Les sentiments se font et se défont avec des hauts et des bas pour certainement un équilibre universel. La nouvelle compagne de X reste indubitablement l'ex de Y. Nul n'est à l'abri jusqu'à l'ultime souffle. Nul ne peut se vanter de quoi que ce soit tant qu'il respire encore. Rien n'est vraiment acquis.

En l'espace d'une seule nuit, de quelques heures même, ma décennie d'époux exemplaire laissait place à un homme infidèle, embarqué dans une nuit de débauche avec une silhouette inconnue, probablement une prostituée et tout cela sans préservatifs. Un vrai coup de maître, toute ironie mise à part évidemment.

Je me débarrassai du drap qui caressait et couvrait jalousement mon corps nu. Je tentai de me lever pour me vêtir et attendre sagement ma compagne d'une nuit dans le canapé quand elle sortit de la douche.

Mon cœur s'arrêta de battre. À l'instant. Un frisson, non une décharge électrique traversa mon être dans sa quintessence. Je tremblais comme si je n'avais jamais vu une femme nue de ma vie. Mes yeux brillaient de désirs. Mon corps était en feu.

Une terrible excitation m'envahit instantanément. Je ne parvenais point à calmer mon érection qui s'amplifiait au fil des secondes. J'étais au garde à vous, comme un soldat de première classe, le cœur battant à tout rompre.

Comme elle était belle Samantha. Elle affichait des courbes renversantes et un corps de rêve, de déesse. Elle était très séduisante dans sa somptueuse tenue d'Ève.
J'étais aux anges à la vue d'une telle merveille de la nature si bien que je déglutis alors qu'elle se déhanchait en ma direction.

Samantha me dévisagea avec un sourire au coin des lèvres, heureuse d'avoir éveillé un volcan dans mon cœur, dans mon corps et dans mon âme. Sans dire mot, d'un regard, elle m'invita à m'asseoir au bord du lit…

Je n'avais plus de cervelle, de scrupule, de conscience de quoi que ce soit sinon une violente envie de faire l'amour à cette sublime enchanteresse. Je me fichais que la scène soit filmée ou diffusée en direct. J'avais besoin de prendre mon envol avec elle en dépit de toutes les conséquences. C'était une question de vie ou de mort… Encore que là, j'aurais été capable de choisir même la mort pour vivre la magie de cet instant. Il n'y a rien de plus dangereux qu'un pénis en érection.

Les yeux fermés, les cheveux dressés, j'eus droit à une monstrueuse fellation. Samantha avait le don de faire perdre la tête à un homme… Je m'entendais rugir comme un lion, le souffle bruyant, les pupilles dilatées, torturé délicatement par l'adresse de la jeune femme qui m'envoyait au septième ciel.

J'étais dans un tel état que je ne pensais plus à rien. Je lui aurais donné ma fortune sans hésiter. Rien n'existait à part le plaisir que me procurait Samantha de ses lèvres délicieuses et de ses doigts agiles. Elle avait plus d'un tour dans son imagination et cela la rendait on ne peut plus envoûtante.

Jamais pareille jouissance n'a été aussi agréable et intense. J'en tremblais encore de la tête aux pieds tandis que Samantha faisait le ménage avec un soin particulier qui m'arrachait des vibrations.

— Tu es tout propre mon chou. Tu devras rejoindre ta chambre pour une douche complète. Je dois me préparer maintenant, mes copines ne vont pas tarder, me confia-t-elle en reprenant son souffle et en s'aventurant dans la douche. Elle était sensuelle et savait mettre son joli fessier en avant avec ses déhanchés sexy. Je la regardai s'éloigner sans placer un mot mais je n'avais aucune l'intention de m'arrêter aux préliminaires.

Je mourrais d'envie de caresser ses belles fesses galbées, d'avoir son merveilleux corps à ma portée et de lui faire l'amour. J'avais besoin de me retrouver en elle pour réaliser surtout que je ne rêvais pas et que tout cela était bien réel et non le fruit de mon imagination. D'un pas, je partis retrouver Samantha dans la douche.

Elle l'avait condamnée de l'intérieur. Elle avait deviné que je mourrais d'envie de m'envoyer en l'air avec elle. Je la vis me sourire en me faisant des grimaces tandis que mon regard la suppliait de m'ouvrir car mon érection était à nouveau intacte et vigoureuse.

Le crépitement de l'interphone nous sortit de cet univers sensuel et coquin. Les copines de Samantha étaient à la porte de sa chambre. Dans mon désarroi, je courus me cacher sous les draps. Samantha sortit de la douche, une serviette nouée cette fois autour de la taille, et leur ouvrit avec un large sourire. Elles échangèrent des éclats de rire amusés. Les filles me saluèrent dans cette même ambiance festive en prenant place au salon de la suite. Elles épièrent mes vêtements éparpillés au pied du lit et échangèrent des regards et des rires aux éclats. J'avais envie de disparaître tant j'étais confus.

— Sam, tu t'es tellement envoyée en l'air que tu as oublié que t'avais un autre vol à prendre, observa Noélie, amusée.

— Calmez-vous les filles ! On a été sage. Hier, mon chéri s'est endormi avant même que nous ne montions dans ma chambre. Ce matin aussi j'ai mon vol et comme je n'aime pas faire les choses à moitié, ce sera pour une prochaine fois, se défendit-elle en s'habillant.

— Ma chérie paie-toi notre tête, ce n'est pas grave, répliqua Maeline en pointant du doigt mon boxer, mon jean et mon polo, encore au pied du lit.

— Les filles, je n'allais quand même pas dormir avec mon prince charmant sans avoir le privilège de me blottir contre son corps nu… Mais il dormait à poings fermés. Vous avez ma parole. Chéri, tu peux bien me défendre non ? me toisa-t-elle.

Je confirmais les dires de Samantha et justifiais ma contre-performance par le fait que je ne supportais pas l'alcool et que je n'y avais pas touché depuis une année et demie. Incrédules mais impuissantes, elles échangèrent un regard et un sourire incitant Samantha à se dépêcher.

— On y va les filles, j'ai fini, dit-elle en leur désignant la sortie. Elles comprirent son intention et rirent aux éclats.

— À un de ces quatre Noam, firent-elles en chœur en s'exécutant rapidement pour nous laisser seuls.

— Prenez soin de vous. J'ai été ravi de faire votre connaissance. Vous êtes vraiment aimables, dis-je.

— Merci ! firent-elles en chœur. Je me levai enfin pour rejoindre Samantha qui m'attendait au seuil de la porte. Nous nous enlaçâmes un bref moment, puis échangeâmes un baiser, juste un seul et elle s'en alla. La porte se referma derrière elle.

3-

De retour dans ma chambre d'hôtel, je pris un bon bain glacé. La forte excitation procurée par Samantha et son corps angélique descendit progressivement au fur et à mesure que cette eau délicieuse parcourait mon corps.

Je retournai par la suite me recoucher tentant de retrouver mes esprits et d'organiser mes pensées. Il était nécessaire de reprendre le contrôle de la situation car de la veille au soir tant de faits m'avaient échappé. Tant de choses s'étaient déroulées en si peu de temps. Nombre de sensations et d'émotions diverses m'avaient habité depuis mon départ de la maison, mon arrivée surprise à Yamoussoukro, ma virée nocturne et enfin mon réveil dans cette chambre d'hôtel.

Le pire aurait pu arriver. J'aurais pu d'une manière ou d'une autre perdre la vie. Cette pensée me fit froid dans le dos. Je ne comptais pas faire cette grâce à Précieuse. Sinon, elle serait trop heureuse et confortée dans sa position que je ne pourrais jamais vivre sans elle.

Il était temps d'affronter le lever du jour malgré l'absence de lumière. Il était temps de faire ce saut dans le vide. Il était temps de fermer la porte du passé à double tour, de ne plus regarder en arrière et de continuer ma route.

Joignant l'acte à la parole, je sortis du lit, pris mon téléphone et appelai mon avocate, une amie de longue date. Trixia ne réalisait pas ce que je lui confiais. Elle était abasourdie et n'hésita pas à me proposer gracieusement ses services pour déshériter cette arnaqueuse. Je lui expliquai que je ne voulais pas d'un divorce qui ferait des vagues. Je n'en avais pas besoin. Je voulais une séparation à l'amiable pourvu que le calvaire de ces douloureux derniers moments soit définitivement derrière moi. Maître Trixia me promit de faire tout son possible même si elle ne partageait pas ma décision de tout partager avec Précieuse. D'ailleurs, elle ne supportait pas que je continue de l'appeler ainsi avec tout ce qu'elle m'avait fait. Mais bon, l'habitude étant une seconde nature, il m'était impossible de l'appeler autrement.

Mya avait toujours été ma Précieuse ! Telle m'était-elle apparue ce soir de Juillet de l'an 2007. La semaine précédente, après un trimestre entier d'observations secrètes, de salutations amicales soit dans le hall soit dans l'ascenseur de l'immeuble qui abritait nos différentes entreprises, j'avais enfin engagé la causerie et pris son numéro de téléphone. Ce vendredi soir là, à la descente du boulot à 17 h 30, par le plus pur des hasards, je l'avais rencontrée dans le hall.

Prenant une profonde inspiration, je l'avais apostrophée et nous avions bavardé un bref moment jusqu'à la sortie. Je lui proposai ensuite de la déposer mais elle refusa poliment sous prétexte qu'elle rentrait avec ses camarades stagiaires. Je la laissai partir malgré moi pour la rappeler au téléphone une heure plus tard et pour l'inviter à dîner dans un restaurant en vogue de la ville où l'on concoctait des mets délicieux. Mya avait hésité un moment avant de me donner son accord pour 20 h 30.

À l'heure indiquée, elle m'appela pour m'informer qu'elle était devant l'entrée dudit établissement. J'étais impressionné par sa ponctualité. Je sortis la chercher et la trouvai perchée sur de hauts talons noirs, moulée dans une robe rouge qui lui allait parfaitement. Cette robe sexy rehaussait d'ailleurs l'éclat de son teint, couleur d'ébène et présentait harmonieusement sa poitrine généreuse, ses formes et ses belles jambes. J'étais sous le charme de cette sublime jeune femme à qui je fis la bise et que j'invitai à me suivre.

Mya était dévorée du regard tandis qu'elle marchait à mes côtés. J'étais séduit par son étonnante beauté. Je l'installai et pris place avec une certaine fierté. Elle me remercia avec un sourire éclatant dévoilant de belles dents blanches. Mon être entier fut traversé en une fraction de seconde par de doux frissons qui accéléraient sur leurs passages les battements de mon cœur. Assailli d'une sensation étrange de joie et de peur simultanément, je tremblais de la tête aux pieds. Je dus prier intérieurement, Dieu seul sait combien de fois, pour réussir à garder un semblant de contrôle.

J'étais sous le charme de son visage tellement agréable à

regarder, de ses beaux yeux marrons qui pénétraient l'âme, de ses lèvres pulpeuses dessinées avec une dextérité déconcertante et de son sourire, le plus beau qu'il m'était donné de voir. Je crois que mon cœur fut entièrement conquis lors de cette soirée.

De son siège, Mya rayonnait telle une œuvre d'art accomplie. Et tout au fond de mon cœur illuminé, le choix de vivre le restant de mes jours à ses côtés était décidé sans l'ombre d'un doute. Elle était la pierre précieuse que j'attendais depuis toujours dans mes rêves les plus fous et mes secrets les plus jalousement gardés.

— Tu es d'une beauté radieuse, la complimentai-je pendant que nous dégustions la spécialité de la maison, le kedjenou de poulet accompagné d'attiéké.

— Merci, Noam, mais tu aurais pu dire simplement que je suis jolie, me taquina-t-elle avec un sourire. Je lui rendis son sourire en haussant les épaules.

— Je le pense vraiment, tu es très jolie ! Rétorquai-je en la dévisageant.

— Tu es aussi beau et séduisant, me confia-t-elle sans me dévisager. On aurait dit qu'elle se l'interdisait.

— Merci de me flatter, dis-je malgré moi bien qu'heureux de sa remarque. Elle me trouvait beau et séduisant. Elle pourrait peut-être me donner ma chance à l'instar de mes autres collègues qui languissaient aussi sous son charme.

— Je ne te flatte pas. C'est la vérité, dit-elle en levant la tête. Nos regards se croisèrent et nous détournâmes les yeux presque instinctivement. Il y eut un silence de deux minutes, pratiquement brisé heureusement par le serveur qui demandait l'autorisation d'ouvrir le vin. J'acquiesçai de la tête, il ouvrit et nous servit. Mya et moi trinquâmes à l'amour pendant qu'elle me faisait des grimaces, visiblement surprise par mon audace.

— J'aurais trinqué volontiers à mon embauche, rectifia-t-elle avec le sourire. Nous échangeâmes alors sur nos différentes fonctions, moi architecte et elle décoratrice d'intérieur. Une passion commune pour la créativité, un faible pour le design et une sensibilité pour le beau.

Ce fut une soirée réussie et une entame vraiment prometteuse car Mya et moi avions la même opinion sur plusieurs sujets, partagions étrangement les mêmes aspirations, la même confession religieuse et la même perception du monde. C'était trop de similitudes troublantes qui nous arrachaient par moments des fous rires comme si nous nous connaissions depuis toujours. Nous ne vîmes pas le temps passé. C'était incroyable ! Mya était une jeune femme extraordinaire. J'étais fasciné par sa beauté et son intelligence.

La seule fausse note de la soirée vint du fait qu'elle refusa que je la dépose malgré mon insistance. Alors je lui trouvai un taxi qu'elle refusa que je paie. Elle promit de m'appeler à son arrivée. Toutefois, je démarrai ma voiture, la tête dans les nuages, songeant, rêveur, à ma Précieuse, ma future épouse et la mère de mes enfants.

Je n'avais plus Trixia en ligne mais je tenais toujours le téléphone en main. L'image de ce premier rendez-vous était encore fraîche et soigneusement conservée par ma mémoire. Dix ans après ! La porte des souvenirs est tellement difficile à fermer. En fait, une fois ouverte, elle ne se referme jamais. On vit avec tout simplement.

Deuxième partie
Le jour d'après

Chapitre 5

1-

L'appartement de Karl était plongé dans une douce obscurité. La veilleuse pendue au plafond projetait une lumière esthétique qui embellissait la pièce. C'était un décor parfait pour un voyage unique au pays des rêves.

Pourtant Mya ne dormait pas. Elle ne parvenait pas à trouver le sommeil malgré ses efforts désespérés. Elle tournait et se retournait sur elle-même sans fin.

L'horloge ne marquait que 2 h du matin, un vrai supplice pour la jeune femme. Aussi appelait-elle l'aurore de tous ses vœux afin de s'évader de cette prison dans laquelle elle s'était engouffrée la veille au soir. Elle n'aurait jamais dû accepter de remonter avec Karl quand il l'avait retrouvée au parking. Elle aurait dû rentrer chez elle… Cela aurait été nettement mieux, moins douloureux et frustrant plutôt que de le savoir si près et pourtant très loin.

À bout de force, Mya se leva et s'assit sur le lit, les genoux repliés contre sa poitrine. Elle se sentait très triste et avait les yeux rougis par une marre de larmes silencieuses qui tombaient sans relâche. La première nuit avec Karl était tout, sauf ce qu'elle avait imaginé. C'était un naufrage. Mya se sentait engloutie par les eaux qui remplissaient ses poumons en l'empêchant de respirer. Elle allait mourir.

En effet, Mya faisait un effort monstre pour ne pas exploser même si elle ne parvenait pas à retenir ses larmes. Le sarcasme de Karl était un poignard qui lui fendait le cœur. Elle n'osait croire ce qu'elle l'entendait dire. Karl ne supportait pas que Noam soit parti de la maison. Cette décision stupide de son rival le rendait furieux. Son visage était une pierre d'une expression indescriptible.

Il n'avait même pas eu la décence de dissimuler son opinion en sa présence comme s'il envisageait de lui faire mal expressément. Quelle belle preuve d'amour que de lui signifier qu'elle ne comptait aucunement pour lui ! Elle n'était qu'une salope friquée avec qui il s'envoyait en l'air tout simplement. Rien de plus qu'une épouse infidèle qui trompait son homme avec le premier venu.

Dans son désarroi, Mya vint à la conclusion que sa mère avait raison. Karl ne l'aimait pas. Il ne l'avait jamais aimée. Elle était juste un jouet prestigieux qu'il ajoutait à sa collection. Son attitude montrait qu'il n'y avait jamais eu d'étincelle ni de passion quelconque sinon un feu de paille que le vent du départ de Noam avait vite fait d'éteindre.

Mya se redressa pour fixer le vide dans cette pièce obscure. Elle entendait résonner les mensonges de Karl au parking pendant que son langage corporel le trahissait. Que de jurons étouffés, ravalés même ! Mais les mots ne suffisent pas toujours à rassurer. Ils peuvent sonner faux comme une note hasardeuse. En effet, Karl avait beau tenté de la rassurer avec des mots, l'instant d'après, son corps n'avait pas suivi. La preuve, depuis le temps qu'ils couchaient ensemble, c'était la toute première fois qu'il n'arrivait pas à avoir une seconde érection. Pourtant, il avait failli la dévorer toute entière quand elle avait franchi cette porte.

Savoir qu'il sautait la femme d'un homme respectable était plus jouissif que tout. Maintenant que ce dernier la lui faisait cadeau, il n'en voulait plus. Quel salaud ! Elle le détestait !

Les larmes perlaient sur les joues de Mya et lui brûlaient les yeux. Elle était tourmentée par des pensées noires, angoissée par des suppositions meurtrières. Elle mourrait si Karl se rétractait et décidait de mettre un terme à leur liaison car elle était folle de lui.

Quelle apocalypse ce serait ! Mya l'aimait tant qu'elle ne supporterait pas la rupture. Elle ferma les yeux, effrayée par cette dernière image. Un cri d'effroi s'échappa de son cœur avec une douleur suffocante.

La jeune femme descendit du lit et marcha dans la pièce, le regard figé dans le vide. Karl n'avait pas porté un seul regard sur sa nuisette. Pourtant, elle s'était faite toute belle et appétissante pour lui. La passion s'était-elle éteinte à ce point ? Cette terrifiante pensée lui glaça le sang. Non ! Elle ne pouvait l'admettre. Peut-être avait-il seulement peur de s'engager ? C'était sûrement cela ! Mais elle ne lui demandait pas de le faire.

Aussi entreprit-elle de parler à Karl pour clarifier les choses.

Elle ne lui demandait rien sinon qu'il continue d'être l'amant qu'il avait toujours été, brûlant d'amour pour elle. Elle désirait demeurer la personne la plus importante à ses yeux, celle qui enflammait ses désirs et qu'il draguait au quotidien avec des étoiles plein les yeux et le verbe parfait. Elle lui demandait juste d'être l'homme amoureux qu'il avait incarné une année durant sans se préoccuper du départ de Noam.

Se dire que cette nuit elle avait rêvé qu'il lui ferait l'amour jusqu'au petit matin, intensifiait sa peine. Mya était blessée dans son amour propre. Elle n'avait même pas réussi à dormir dans ses bras, blottie tendrement contre son corps qui la faisait tant fantasmer. Et ce n'était pas que l'envie lui manquait mais Karl lui avait donné dos et dormait le visage enfoncé dans le coussin. Il s'était contenté de lui souhaiter une bonne nuit, d'un ton froid, sans un baiser, et elle n'exista plus. Elle l'entendait ronfler comme un moteur de gros camion en panne. La folle nuit d'amour à laquelle elle avait rêvé en venant le rejoindre n'était que pure illusion.

Les mains aux hanches, Mya inspira profondément. Elle avait si peur, peur de perdre Karl. Son Karl. Le cœur battant à tout rompre, elle se faufila dans le lit et le regarda dormir. Comme elle l'aimait ! C'était un enfer que de se fâcher avec lui. Il avait besoin d'assurance et elle était prête à lui en donner.

— Karl, Karl, le réveilla-t-elle, d'une voix suppliante. Il émit des grognements, pivota la tête et ouvrit ses yeux endormis pour la dévisager.

— Je rentre chez moi, confia-t-elle pour voir sa réaction. Elle espérait qu'il lui ouvre ses bras et l'étreigne fort contre lui, la suppliant de rester, lui promettant monts et merveilles. Elle espérait qu'il lui fasse l'amour en lui jurant qu'il l'aimait plus que tout au monde. Noam agissait toujours ainsi quand ils s'étaient brouillés.

— T'es folle ou quoi ? Il est 4 h du matin, se plaignit-il en la foudroyant du regard. Il y avait un tel mépris dans ce regard qu'il posa sur elle et une telle méchanceté dans ses paroles que Mya fondit en larmes.

— Je sais mais je rentre quand même, parvint-elle à formuler, étouffée par ses sanglots. À 4 h du matin, les hommes n'étaient pas si méchants. Ils étaient si dociles, si conciliants avec de vrais talents de négociateurs. Mais Karl lui, la rejetait, la froissait, l'insultait.

— T'as pété un câble ou quoi ? grommela-t-il en lui tournant le dos, recouvrant son visage avec le drap.

Les propos de Karl lui fendirent le cœur. Elle en avait le souffle coupé et le ventre noué par une monstrueuse douleur. Comme il fallait s'y attendre, Mya lutta en vain contre le torrent de larmes qui inonda son visage. Elle explosa.

— Karl, tu ne me parles pas comme ça. C'est méchant de me tourner le dos pendant que je te parle, dit-elle d'une voix tremblante.

— Ce n'est pas vrai, se plaignit Karl qui se redressa pour lui faire face en se prenant la tête entre les mains. Qu'est-ce que tu veux ? hurla-t-il en la fusillant du regard. Il avait la nette impression qu'elle voulait le pousser à bout. Si elle continuait de jouer avec ses nerfs, il se verrait dans l'obligation de lui donner une bonne raclée.

— Je veux rentrer chez moi. Je m'excuse de t'avoir réveillé, reprit Mya en syllabant comme une écolière.

— Tu fais comme bon te semble mais n'oublie pas d'éteindre la lumière et de refermer la porte en sortant, dit-il en se recouchant à nouveau, le visage enfoncé dans le coussin.

2-

Mya pleura durant tout le trajet. Il ne lui avait jamais paru aussi long et périlleux. Rongée par le chagrin, la gorge nouée par une douleur indicible, elle versait de terribles larmes de désespoir dans le silence de cette nuit cauchemardesque. Karl ne l'avait même pas retenue. Il l'avait laissée sortie à 4 h du matin, toute seule. Comme elle était malheureuse ! De toute sa vie, elle n'avait jamais eu aussi mal. Aucun des hommes de sa vie ne l'avait traitée comme Karl. Sa réaction était plus qu'un coup de poignard. Qu'est-ce qui ne tournait pas rond chez lui ?

En une année, il l'avait charmée du lever au coucher sans relâche, il l'avait séduite, ensorcelée comme un gourou et avait fait tomber toutes ses résistances. Il avait fait naître dans son cœur des sentiments violents et irréfléchis, il lui avait juré qu'il désirait de tous ses vœux vivre avec elle. Maintenant que son rêve se réalisait, il ne voulait plus entendre parler d'elle.

Qu'est-ce qui ne tournait pas rond chez lui au point d'en vouloir à Noam de demander le divorce ? Il avait même le toupet d'être furieux, fâché, énervé…

Un frisson de terreur traversa Mya au point de lui donner la chair de poule. Elle n'osait croire à la métamorphose de Karl.

Même un mauvais rêve ne saurait être pire. À l'entendre, Noam devait accepter docilement qu'il se la tape sous son nez sans briser pour autant les liens sacrés du mariage. Quel salaud ! Mya étouffa un juron. C'était donc cela. Noam devait accepter de vivre sous le même toit avec elle pendant que lui, Karl, la retenait dehors à volonté, souvent très tard, la baisait à satiété quand l'envie lui prenait et la laissait rentrer chez elle à souhait pendant qu'elle puait l'odeur du sexe comme un parfum d'ivrogne. Elle n'était rien d'autre que sa salope, son jouet sexuel. Le salaud ! C'était donc l'interdit qui le faisait prendre son pied. Noam étant parti, elle n'avait plus de valeur à ses yeux, elle n'était plus sexy, désirable, exceptionnelle, unique. Elle n'était plus rien. Il la jetait aussi brusquement qu'il était entré dans sa vie pour tout faire basculer. Pourtant, il disait être prêt à affronter le monde entier pour elle.

Quelle idiote elle a été !

Mya freina brusquement sur des passants à un feu rouge. Ceux-ci la criblèrent d'insultes. Paniquée, effrayée, elle fondit de nouveau en larmes, tremblant de la tête aux pieds. La jeune femme était amère et pleine de regrets. Dans le silence de cette terrible nuit, la mise en garde de sa mère sonna comme une ultime sentence. Il était certainement trop tard. Hélas ! La vie n'est pas un film, une suite de mise en scène et d'effets spéciaux impressionnants où les méchants sont presque tous punis à la fin. La vie n'est pas un roman à l'eau de rose où l'amour triomphe de toutes sortes d'épreuves comme par magie pour hisser le héros au sommet, se la coulant douce à la dernière ligne. La vie n'est pas une trame d'un cinéaste ou d'un écrivain à l'esprit fertile et à la créativité indiscutable. La vie est bien plus qu'un jeu interprété par des acteurs talentueux ou médiocres, elle est à n'en point douter un véhicule dont le conducteur en est le véritable acteur. Mya en était certaine. Elle ne pouvait s'en prendre qu'à elle-même.

Cette constatation la plongea dans un vide immense. Elle sanglota et démarra les yeux fermés dans un crissement de pneus.

— Pardonne-moi maman, murmura-t-elle en stationnant au parking de la résidence. En effet, Mya se souvenait de ce jour-là, de cette houleuse discussion avec la femme qui lui avait donné la vie. Cela remontait à la semaine dernière, le jour même où Noam l'avait surprise en train de s'envoyer en l'air avec Karl dans leur résidence. Jamais Mya n'avait vu sa mère dans un tel état.

— Ton aveu a failli me tuer. J'aurais pu y rester… L'acte que tu as posé est ignoble et abominable, dit-elle, indignée. Elle bouillait de rage et de colère. Si Mya était encore une fillette, elle lui aurait donné une bonne fessée avant de la punir sévèrement. Son impuissance la faisait trembler de tout son être.

— Je suis navrée maman. Je ne voulais pas qu'il l'apprenne de cette manière. À force d'attendre le bon moment, je me suis fait prendre, s'expliqua Mya sans affronter le regard de sa mère.

— Est-ce que tu t'entends ? demanda la vieille dame écœurée qui tenait sa fille par les épaules, l'obligeant à la fixer dans les yeux comme pour l'aider à reprendre ses esprits.

— Je sais que je me suis très mal comportée mais je ne voulais pas blesser Noam. Je ne l'ai jamais voulu. Je suis tombée amoureuse de Karl sans le faire exprès. Je réalise aujourd'hui que Je l'aime maman et…

— Tu ne l'aimes pas, trancha la pauvre femme qui lâcha promptement sa fille. Tu fais un caprice de trop. Il est évident que tu as juste envie de souffrir et d'être très malheureuse, voilà tout. Parce que crois-moi, tu n'as aucune valeur à ses yeux. Tu n'es qu'un objet sexuel qui l'enflamme présentement mais qu'il jettera sous peu avec dégoût comme un préservatif usagé pour en enfiler un autre, conclut-elle amère.

— Maman arrête de dramatiser. Tu ne sais pas de quoi tu parles. Karl brûle d'amour pour moi. Il me dit sans arrêt qu'il m'aime et je le crois. Je vois dans son regard qu'il est sincère et que je suis vraiment sa raison de vivre, confia Mya, les yeux brillants, la voix remplie d'émotion.

— Ma pauvre chérie, comme tu peux être pathétique. L'orage sera si terrible, la descente de ton nuage si brutale que tu me donneras raison, sous peu, en larmes mais malheureusement Noam sera déjà loin, répliqua Dame Assayi calmement, d'une voix enrouée et pleine d'amertume. Elle ravala sa salive pour libérer sa gorge nouée par une profonde douleur.

— Je te parie le contraire maman. Je suis heureuse comme je ne l'ai jamais été et ceci n'est que le prélude de tout le bonheur que me promet Karl, rectifia Mya avec un joli sourire. Si seulement, sa mère pouvait ouvrir les yeux, elle comprendrait combien l'amour de Karl l'avait transformée. Elle était une autre femme, plus belle, plus joviale, plus comblée, plus épanouie, plus heureuse.

— Tu n'as pas le droit de briser le cœur de ce garçon. Noam est mon fils et vous êtes tous les deux mes enfants. Tu n'as pas le droit de sacrifier ton couple, ton mariage pour une illusion. Tu as promis devant Dieu et les hommes de l'aimer, de lui être fidèle pour le meilleur et le pire...

— Jusqu'à ce que la mort nous sépare. Je sais tout ça maman mais j'ai aussi le droit d'écouter mon cœur. Je n'en peux plus de cette prison dorée. Je suis amoureuse de Karl. Cette vérité brise toutes les barrières, annule tous les engagements. J'ai le droit d'être heureuse et mon bonheur, c'est avec Karl. C'est lui que j'aime et c'est avec lui que je désire vivre désormais, trancha à son tour Mya. Elle n'acceptait pas qu'au lieu de la soutenir, sa mère prenne parti pour Noam. Pourquoi est-ce qu'on se lie à vie à un homme si ce n'est pas pour être heureux ? Pourquoi demeurer dans un mariage si le cœur n'y est plus ?

— Tu es folle. Je vois ton père se retourner dans sa tombe, lâcha la vieille femme en se laissant tomber dans le canapé. La terre s'était dérobée sous ses pieds. Elle était à bout.

— Laisse papa en dehors de ça, ordonna Mya d'un ton sec et sans ménagement.

— Tu me déçois tellement My. Tu es ma fille aînée et je me suis impliquée corps et âme dans ton éducation. Tu nous as rendus si fiers ton père et moi quand Noam a demandé ta main. Il t'a donné un travail, une vie de rêve. Il t'a mariée devant Dieu et les hommes. Bien que tu n'aies pas encore réussi à lui donner des enfants, ne serait-ce qu'un seul, il est toujours amoureux de toi et continue de te traiter comme une reine. Qu'est-ce que tu veux de plus ?

— Je veux l'amour, coupa Mya. Elle n'allait pas se laisser attendrir par les propos de sa génitrice. Elle avait pris sa décision et rien ni personne ne parviendrait à la faire changer d'avis.

— Je t'en prie My, ma chérie, réveille-toi pour l'amour de Dieu. Je sais que Noam peut encore te pardonner si tu le lui demandes car il t'aime de tout son cœur. Arrête de voir ce gigolo, cette espèce de bête qui te monte la tête et t'égare, supplia la pauvre mère en s'agenouillant aux pieds de sa fille.

— Maman arrête ! Cette espèce de bête comme tu l'appelles est l'homme que j'aime désormais. Tu devras t'y faire. Je ne peux plus simuler. Je n'aime plus Noam. Je ne supporte plus qu'il me touche. C'est fini ! Dame Assayi se releva et foudroya sa fille du regard.

— Au fond, tu n'as jamais aimé Noam. Son entourage avait raison. Tu n'es qu'une profiteuse, une arriviste égoïste, nota-t-elle dépitée.

— Tu m'offenses maman, fit Mya en se levant de son siège. Il était préférable qu'elle rentre chez elle au risque de sortir des propos qu'elle pourrait regretter.

— Je dis juste la vérité. Tu as réussi à berner tout le monde, même moi. Comment ai-je pu être aveugle à ce point ?

— Je m'en vais maman, annonça-t-elle, prenant son sac à main, son portable et les clefs de sa voiture, posés sur la table basse. Mya soupira, énervée que sa génitrice ne comprenne pas ce qu'elle ressentait pour Karl. Ça ne lui importait guère et elle était déçue. Depuis quand, est-ce que les parents se détournent du bonheur de leurs enfants ? Était-ce trop demander à sa mère que de l'aider à entamer cette nouvelle page de sa vie ? Elle la fusilla du regard.

— Sage décision mais saches que tu ne seras pas heureuse avec cette espèce de bête.

— Tu me maudis maman ?

— Je ne te ferai pas ce luxe My. C'est juste une mise en garde. J'espère que tu sauras te réveiller à temps.

Mya avait tourné les talons, claqué la porte et elle était partie. Du salon, sa mère l'avait entendue démarrer avec fureur dans un crissement de pneus.

3-

Il était 15 h quand Mya se réveilla. Les somnifères qu'elle avait avalés en rentrant lui avaient fait beaucoup de bien. Une intuition lui ordonna de prendre son téléphone. Elle avait une cinquantaine d'appels en absence et une vingtaine de textos.

Une bouffée d'air remplit ses poumons. Karl l'avait appelée quarante fois. Un sourire en coin, elle ouvrit sa messagerie. Il lui avait écrit un texto qu'elle lut d'un seul regard :

« *Mon cœur, je n'arrive pas à te joindre. Je comprends que tu ne veuilles plus me parler car il n'existe pas de mots pour me qualifier. Je suis vraiment navré pour mon attitude de la veille.*

J'étais désorienté. Si tu veux encore de moi, que par miracle tu me donnes une seconde chance, sois sûre que je saurai me faire pardonner. J'ai si mal de t'avoir fait pleurer. Tu me manques mon cœur. Je t'en prie, appelle-moi dès que tu peux. Je t'aime. »

Mya inspira profondément. Une paix indescriptible l'envahit de ses bras douillets et réconfortants. Un large sourire illumina son visage.

— Est-ce qu'il sait combien je l'aime l'enfoiré, murmura-t-elle, en s'abreuvant de toutes les paroles de son texto. Elle les récita, mot après mot pour guérir les blessures de la veille et sortir son être de l'angoisse dans laquelle il était plongé. La magie des mots venait une fois encore d'opérer. L'amour incalculable qu'elle avait pour Karl venait encore de triompher. Bien sûr qu'elle voulait encore de lui. Son être entier ne pouvait aucunement se passer de lui. Il saurait se faire pardonner. Elle n'attendait que cela bien qu'elle n'ait dans le cœur aucun grief contre lui. Tout était derrière. Avec lui, elle voulait affronter l'avenir. Point besoin de s'attarder sur les embûches, les épreuves ou les malentendus. Ensemble, ils seraient forts. Ensemble, ils vaincraient. Ensemble, ils vivraient une histoire exceptionnelle qui s'écrierait au jour le jour.

Mya avait subitement faim. Elle se sentait bien. Elle ne l'appellerait pas. Il devrait insister, s'inquiéter et venir la chercher. Du téléphone, Mya appela la femme de ménage. Le repas était prêt. Du foutou banane accompagné de sauce graine et d'escargots. Un régal. Elle lui recommanda de mettre la table, le temps d'un bon bain et elle descendait.

Quand le cœur est en paix, tout va bien dans le meilleur des mondes. Mya dégusta le repas, en sirotant un vin moelleux et en regardant tranquillement une télé-réalité.

Chapitre 6

1-

Karl était sur son trente et un. Élégamment vêtu d'un costume près du corps de couleur rouge foncé sur un tee-shirt blanc à col v. C'est un gentleman au style décontracté qui referma sa porte, super excité par les promesses de ce jour exceptionnel.

Aujourd'hui, n'était pas un jour quelconque. C'était un jour de liberté. Il était enfin libre. La nuit laissait place à un jour radieux. Les rires effaçaient avec brio les larmes versées, les rêves enterrés, les frustrations absorbées. Karl était libre de vivre enfin. Il allait être maître de sa vie et de ses choix. Les expériences douloureuses de ces dernières années cimenteraient son ascension. Il avait appris de ses erreurs. Il avait renoncé à son identité, l'essence même de son être pour jouer un rôle. Mais les choses ne seraient plus les mêmes. Le perdant en lui était mort avec ses mauvais choix. Désormais, il était le maître de son destin. Il était libre. Et la liberté avait un parfum enivrant.

Au portail principal de l'immeuble, un groupe de jeunes

gens dévora des yeux la paire de baskets de Karl et sa tenue vestimentaire en poussant des sifflets d'émerveillement. Le plus courageux du groupe le complimenta. Karl sourit, le remercia et arrêta un taxi compteur. À l'intérieur, il jeta un coup d'œil à sa montre. 7 heures. Il était encore dans les temps. Le Boss n'aimait pas les retards et lui, Karl, n'avait aucun intérêt à l'être. En tous cas, pas aujourd'hui. Il avait travaillé trop dur pour tout faire foirer maintenant. Tout allait bien. Il disposait d'une heure pour être à son rendez-vous. Il salua le conducteur avec un petit sourire avant de se plonger dans la manipulation de son téléphone.

Dans les réglages d'appels, il vérifia que le numéro de Mya était bien bloqué. C'était fait. Elle ne pourrait pas lui écrire encore moins l'appeler. Si les choses se déroulaient comme il l'envisageait, dans moins de vingt-quatre heures, elle n'entendrait plus jamais parler de lui. Il se serait volatilisé. Par ailleurs, il se débarrasserait de ce numéro aujourd'hui même ainsi que de l'appartement. Quel choc ce serait pour elle, la pauvre ! Il haussa les épaules en pensant à elle, à tout ce qu'ils avaient vécu, à tout ce qu'il lui avait promis.

Karl rétorqua à ses pensées que cela faisait partie de la vie. Elle ne laissait souvent pas le choix. Il suffisait de regarder sa propre vie. Visiblement, il n'y avait qu'un seul choix entre être la proie ou devenir le prédateur. Karl regretta la puanteur du monde, son animosité grandissante et l'envers du décor. Tout ce qui brillait n'était pas de l'or mais des pacotilles à deux sous. La vie était désormais une jungle impitoyable. Plus de bons samaritains en chemin mais des Caïn avec des sourires d'Abel. Mya l'apprendrait à ses dépens. Il était vraiment désolé pour elle. Cela n'était aucunement personnel. Il penchait plutôt pour un acte motivé par un instinct de survie propre à tous et à chacun.

Il était 8 h quand une imposante Range Rover noire aux vitres teintées s'immobilisa au parking de la station d'essence où Karl attendait depuis une demi-heure. Il poussa un ouf de soulagement, se dirigea vers la voiture et monta. Le véhicule démarra aussitôt dans un impressionnant crissement de pneus.

À l'intérieur, le Boss, un homme obèse d'un certain âge, donnait l'impression d'étouffer dans son costume de marque. Il se faisait remarquer par son ventre impressionnant semblable à celui d'une femme enceinte, à terme plus précisément. Il salua gaiement Karl et ils échangèrent une virile poignée de main. Le Boss était de bonne humeur.

Tenant toujours la main de Karl, il éclata de rire, un rire joyeux qui contamina toute la voiture. Le chauffeur et le garde du corps lui emboîtèrent le pas tandis que Karl ignorait l'attitude à adopter.

— Détends-toi Karl, tu as fait du bon boulot. Nous sommes très contents de toi. Félicitations ! dit-il en libérant enfin son poignet.
— Merci Boss, j'en suis ravi, reprit Karl avec un large sourire.
— Tes résultats sont au-delà de nos espérances. C'est du grand art, renchérit l'homme d'un air admiratif. Karl sortit une clé USB de sa poche et la tendit à son interlocuteur. L'homme se hâta de la prendre, l'inspecta d'un air soupçonneux. Le sang de Karl se figea car le boss ne riait plus.
— Sur cette carte se trouve tout ce dont vous avez besoin, ajouta-t-il sentant planer une question muette.

80

— Sûr ! Tu n'es pas sans ignorer que nous pouvons te retrouver même au pôle nord pour te refaire le portrait si... Enfin, j'espère pouvoir te faire confiance. Karl acquiesça de la tête. Alors seulement, l'homme donna la clé à son garde du corps qui l'introduisit dans un ordinateur portable pour vérification. Un silence macabre planait subitement dans la voiture qui continuait d'avaler les kilomètres.

— C'est OK patron. Tout y est, confirma-t-il à la suite de son inspection. Un large sourire regagna le visage de l'homme qui éclata de rire, tapotant Karl sur l'épaule qui poussa un ouf de soulagement.

— La confiance n'exclut pas le contrôle. Et maintenant, voilà ton enveloppe. Le compte y est bon également. 15 millions comme convenu. Karl fronça les sourcils.

— Enfin, nous t'avons accordé un bonus de 5 millions, expliqua-t-il d'un geste désinvolte.

— Que Dieu vous bénisse, jubila Karl peinant à contenir sa joie. Il ne s'était pas trompé. Une nouvelle vie s'ouvrait devant lui.

— Oh pour si peu, cela n'est rien. Tu as fait du bon boulot.

— Je vous remercie infiniment.

— Cela dit, nous avons une nouvelle proposition à te faire, entama l'homme en se raclant la gorge.

— Je suis tout ouïe Boss.

— Dans 2 mois, tu devras être marié à Mya sous le régime de la communauté de biens. Karl déglutit difficilement. Ses traits se durcirent. Il inspira profondément comme si l'air manquait subitement dans la voiture.

— Je croyais que je devais juste mettre le feu à son mariage et me barrer comme convenu, bredouilla-t-il.

— Nous aussi. Mais la donne a changé. Noam a décidé de divorcer alors que nous avions pensé son amour pour elle inébranlable. Il a du cran, nous aussi. Et tu es notre homme.

— Je pensais reprendre ma vie où j'ai été contraint de la laisser il y a 10 ans. J'ai une femme que j'aime et qui m'attend. Le Boss éclata de rire.

— Dans tout au plus 6 mois, tu auras une vie de rêve avec ta princesse. Juste 6 mois. Mes associés et moi avons pensé que 50 millions pourraient combler cette attente, suggéra l'homme en caressant sa barbe abondante.

— Vous déconnez ! Lâcha Karl sentant monter un taux d'adrénaline indéterminable. Il ne tenait plus sur son siège. Sa respiration s'était accélérée.

— 15 millions tout de suite et le solde le jour du mariage, reprit l'homme. J'ai promis de faire de toi un homme riche et j'ai la fâcheuse manie de tenir mes promesses. Tu as une semaine pour me faire savoir ta réponse.

— Vous plaisantez, je suppose. Je n'ai pas besoin de réfléchir. Ma réponse est oui, ici et maintenant, répliqua Karl dont les yeux étaient sortis de leurs orbites. La journée se déroulait bien au-delà de toutes ses prévisions.

— Tu es notre homme. Je savais qu'on pouvait compter sur toi, dit l'homme en lui tendant une nouvelle enveloppe remplie de liasses de billets. Ils échangèrent une poignée de main et des sourires radieux.

— C'est un plaisir de faire des affaires avec vous, reconnut Karl.

— Tant mieux ! Mais tu as deux mois pour lui mettre la bague au doigt, insista l'homme.

— C'est déjà fait Boss, vous pouvez dormir sur vos lauriers, promit-il tout de sourire vêtu.

La voiture gara à une station-service. Karl en descendit tout heureux, arrêtant le premier taxi venant en sa direction.

2-

Karl avait les larmes aux yeux. Il tremblait de tout son être. Est-ce que tout cela était effectivement en train de lui arriver ? N'était-il pas en train d'halluciner ? Pour en avoir le cœur net et l'esprit tranquille, Il ouvrit délicatement le sac à dos qu'il tenait solidement sur ses genoux. Les deux enveloppes kaki y reposaient. Il ouvrit une des enveloppes assez discrètement, jetant au passage un bref regard au conducteur. Les liasses de billets de banque y étaient. La vue était trop belle. Essuyant ses larmes du dos de sa main, il éclata de rire. L'espoir n'est donc jamais perdu. Karl en était désormais convaincu.

Dix ans à croupir en prison pour un vol qu'il n'avait pas commis, à la place de son directeur administratif et financier et son acolyte le tout puissant directeur général. Ils lui avaient juré qu'ils garderaient sa part du butin détourné, l'aideraient à couler des jours dorés en prison et le feraient sortir sous peu en engageant les meilleurs avocats pour l'oublier le trimestre écoulé.

Sans qu'il ne le réalise, ces deux enfoirés l'avaient abandonné au trou pour occuper à l'étranger de nouveaux postes de diplomates. Pour avoir détourné des centaines de millions et trouvé un coupable idéal en contrat de travail à durée déterminée, ils étaient promus à des postes de responsabilités pendant que lui croupissait en prison, injustement.

Dix années de misère, à broyer du noir, à appeler désespérément la mort de tous ses vœux, à dormir dans la faim, la puanteur, la maladie, le rejet, l'amertume, la désillusion. Bref ! Et un jour, un homme providentiel, sorti de nulle part pour écourter sa détention, lui donner une nouvelle identité, avec pour seule mission séduire une magnifique jeune femme, faire voler son couple en éclat et empocher la bagatelle de 20 millions.

3-

Betty écouta Karl sans l'interrompre. Tous leurs projets tombaient à l'eau, encore une fois, à nouveau, comme il y a dix ans. Avec Karl, ça ne s'arrangeait jamais. L'imprévu gagnait toujours. La jeune femme se leva du canapé, s'empara d'un verre posé sur la table basse qu'elle projeta contre le mur. Karl se leva promptement pour la prendre dans ses bras. Elle s'y abandonna et pleura à chaudes larmes.

— Ça ne s'arrêtera donc jamais, remarqua-t-elle dans sa consternation.

— Le Boss m'a assuré que dans six mois, tout serait bouclé.

— Et après ? Tout cela devient trop compliqué, dit-elle en pleurant de plus belle.

— Les concernant, je ne sais pas vraiment. Mais j'attends juste qu'il me solde pour m'enfuir avec toi, dit-il en la berçant.

— Et s'il te proposait une autre mission ?

— Je ne compte pas l'exécuter. J'ai un plan. On s'enfuira avant même qu'il ne le réalise. Tu as ma parole.

Betty aimait cette réplique.

— Tu me le promets ?

— Je te le promets mon cœur. Plus que six mois pour vivre enfin les rêves les plus fous, ensemble.

— Je ne pourrai pas t'attendre éternellement, continuer à mettre mon espoir en des chimères, tu le sais non ?

— Je le sais mon cœur. Je te suis reconnaissant pour ton amour infaillible. Plus que six mois…

— J'attends de voir, tu sais que je t'aime ? dit-elle en cherchant ses lèvres, presque les yeux fermés. Il la plaqua contre le mur, remonta sa robe tout en l'embrassant fougueusement. Elle ne respirait plus, ne bougeait plus, foudroyée par le feu de ses caresses et la magie de ses doigts. Elle poussait des râles de plaisir en s'agrippant à lui de toutes ses forces.

Les tourtereaux se réveillèrent à midi. Karl demanda à sa dulcinée de lui apporter son sac à dos posé sur le canapé. Betty s'exécuta en donnant un baiser à son chéri. Il la regarda s'éloigner avec la certitude qu'il l'aimait plus que tout. Même si elle n'était pas son premier amour, elle lui avait fait oublier toutes les jeunes filles avec qui il avait eu une liaison.

Betty était une femme sensuelle, magnifique, avec qui il vivait quelque chose de particulier. Des fois, il se demandait ce qu'elle lui trouvait pour l'aimer autant. Il avait cru la perdre avec son incarcération. Et pourtant, elle ne l'avait jamais abandonné. Elle l'avait attendu durant ces dix années sans jamais céder au découragement. Elle lui demandait d'avoir confiance comme si elle lisait l'avenir. Il lui devait tout. Elle était son âme sœur.

Dans 6 mois, il pourrait lui montrer à quel point, il était fou d'elle et combien elle comptait pour lui. Une fois encore, elle se sacrifiait au nom de l'amour qu'elle avait pour lui et il n'oublierait jamais.

Karl tendit les deux enveloppes à Betty. Elle porait shoppiner tandis qu'il œuvrerait à se mettre la corde au cou avec Mya. Ainsi, elle ne pourrait certainement pas voir le temps passer. Betty était de son avis. Ces liasses pouvaient l'aider à patienter encore un peu et laisser Mya profiter de son beau Karl.

— Au fait, comment va-t-elle ? S'enquit Betty en effleurant les billets de banque.

— Au sortir du rendez-vous, je l'ai appelée sans suite, répondit-il.

— Elle va bien, sans doute qu'elle dormait, reprit Betty avec une certaine assurance qui intrigua Karl.

— Comment peux-tu en être aussi certaine ?

— L'intuition féminine. Elle a certainement passé la nuit à pleurer et un petit sommeil libérateur s'est emparé d'elle au lever du jour, reprit-elle en rangeant les billets dans le sac à dos.

— Tu as raison, je vais la rappeler.

— Non ! Laisse-moi lui envoyer un message, intervint Betty.

Karl donna le téléphone à sa dulcinée et alla prendre son bain.

Elle le regarda s'éloigner en ricanant. Il ignorait que pendant qu'il prenait plaisir à sauter Mya, elle, Betty, œuvrait dans

86

l'ombre. Son intuition n'était rien d'autre que la fille de ménage de Mya qu'elle avait réussi à introduire dans la maison.

Bien des fois, il faut donner un coup de pouce au destin et favoriser certaines coïncidences comme un document important qu'on oublie à la maison alors qu'on était sûr de l'avoir rangé dans la mallette, revenir le chercher et on surprend son épouse en train de se faire chevaucher ! Betty eut un sourire au coin des lèvres. Karl la sous-estimait, le pauvre. Il n'avait même pas idée de tout ce dont elle serait capable pour le garder. Dans moins de 6 mois, ils auraient leur maison, géreraient leur propre business et elle serait enceinte de lui.

— Je te souhaite d'être heureuse en lisant ce texto, pimbêche. Tu es plus qu'une mine d'or, autant prendre un peu soin de toi. Alors, profite bien de tes derniers instants avec mon Karl car ce sera bientôt fini. C'est moi qu'il aime et avec moi qu'il coulera ses derniers jours, se murmura-t-elle en appuyant rageusement sur la touche « envoyer » de l'application de messagerie. Elle jeta le téléphone sur le lit et alla retrouver son amoureux dans la douche.

Chapitre 7

1-

Par une journée ensoleillée d'octobre, l'avion de Samantha se posa sur le tarmac de l'aéroport Félix Houphouët Boigny. De son siège, la jeune femme piaffait d'impatience tant elle rêvait de sauter dans les bras de ses copines, ses adorables sœurs de sang, ses complices. Aussi avait-elle les yeux qui brillaient de mille éclats comme si elle était partie depuis des décennies. Pourtant, elle ne s'était absentée que deux semaines pour le compte de son entreprise. Les filles lui avaient vraiment manqué ! C'est fou comme elles étaient devenues une vraie famille ! Et pas n'importe laquelle des familles, une famille fofolle, chiante mais aimante, solidaire et unique comme on en trouve rarement aujourd'hui.

Pour preuve, radieuses comme des princesses du royaume de la beauté, Maëline, Noélie et Elyna étaient toutes là à l'attendre dans le hall, éprouvant la même impatience. Elle était partie depuis si longtemps. Chacune avait réussi à sa manière à avoir son après-midi. Elles n'auraient raté cela pour rien au monde. Aussi, depuis une heure, elles étaient assises au bar de l'aéroport scrutant seconde après seconde les différents écrans d'affichage des arrivées. Elles avaient hâte de revoir Samantha, leur Samantha à elles seules mais l'avion de celle-ci avait enregistré un léger retard.

Elles durent patienter encore un instant avant de voir leur sœur de cœur sortir avec un chariot porte-valises rempli comme un œuf. En effet, toujours égale à elle-même, belle, élégante et raffinée, Samantha avait shoppiné sans compter. Les filles coururent l'accueillir en poussant des cris de joie. Quelles retrouvailles ! Elles furent joyeuses, chaleureuses, émouvantes même. Les filles s'embrassèrent comme des folles au point d'indisposer tout l'aéroport. Elles furent même fusillées du regard plus d'une fois mais elles continuaient leur manège en riant aux éclats comme des insensées jusqu'à la berline de Maëline. Comme c'était bon de se retrouver ! Leur bonheur était palpable. Leur joie, immense.

Dans le véhicule, Samantha donna les nouvelles aux filles. Elles étaient super excitées et désiraient tout savoir. Le voyage avait été très fructueux notamment par la signature de plusieurs partenariats importants. Par ailleurs, Samantha avait acquis plusieurs appareils de dernières générations pour son cabinet d'optique d'abord, pour sa succursale de distribution et son école ensuite, ainsi que des tonnes de nouvelles montures esthétiques et fashion pour sa boutique de lunetterie. Les filles explosèrent de joie. Elles étaient fières de leur docteur dont la renommée ne cessait de croître et de la femme d'affaires avisée qui traitait désormais avec le monde entier. Comme elle les inspirait ! Comme elles l'aimaient ! Elyna entonna un chant que toutes les filles reprirent en chœur dans des fous rires.

Elles rayonnaient de bonheur. Par ailleurs, de telles nouvelles méritaient de s'arroser. Aussi, la plaidoirie de Samantha concernant sa fatigue due au décalage horaire ne passa pas. Les filles l'emmenèrent à Yopougon malgré ses prières pour manger de la viande de brousse. Elles avaient déjà réservé bien avant d'aller la chercher à l'aéroport car le restaurant de la spécialité ne désemplissait pas. Toute la ville s'y donnait rendez-vous pour bien manger et s'enivrer de vin à volonté. Les filles chantèrent durant tout le trajet. Une heure pratiquement avant de stationner au parking de l'établissement où l'on dénombrait déjà de nombreuses grosses cylindrées. Le manager accueillit les filles et les installa dans une ambiance conviviale. Elyna commanda à boire pour tout le monde tandis que Maëline racontait des blagues délirantes sur son patron et ses collègues. Les filles se tordaient de rire.

— Dis mon cœur, tu as des nouvelles de Noam ? S'enquit subitement Noélie. Le changement de sujet fut si inattendu et brutal que Samantha sursauta sur son siège. Sa respiration s'accéléra. Son sang se figea. Ces derniers temps, le souvenir de Noam lui procurait toujours cet effet. Là encore, l'évocation de son prénom l'avait troublée bien qu'elle luttait pour paraître naturelle. Pourtant, elle tremblait.

— Cet enfoiré n'a même pas daigné me passer un coup de fil ou m'envoyer un petit texto, répondit-elle nerveusement avec un pincement au cœur.

— Ah bon ? S'étonna Maëline incrédule en dévisageant son amie.

— Il doit être certainement très occupé, renchérit Elyna en posant elle aussi sur Samantha un regard d'une tendresse inouïe comme si elle avait réussi à dénicher le secret qu'elle tentait de dissimuler.

90

— Dis plutôt qu'il est accroché à son chagrin au point de fermer la porte à l'avenir, répliqua la jeune femme d'un ton mauvais. Qu'avaient-elles toutes à la dévisager de la sorte ? Son trouble était-il perceptible à ce point ? L'enfoiré de Noam ! Elle n'aimait pas ce qu'il faisait à son cœur. Il n'avait pas le droit d'occuper ainsi ses pensées. Elle ne le lui permettait pas. Aucun homme n'avait ce privilège. Non ! Aucun ! Les filles échangèrent entre elles un regard simultané et curieux. Qu'est-ce qui arrivait à leur Samantha ? Pourquoi était-elle aussi nerveuse subitement ?

— Je suppose que c'est toi la porte ouverte sur l'avenir, ironisa Maëline en riant.

— Et pourquoi pas ? répliqua Samantha vexée par l'attitude de ses amies.

— Ma puce, les hommes sont tous tes jouets au cas où tu l'aurais oublié, rappela Noélie.

— C'est vrai ! Par contre Noam est différent. J'ai beaucoup pensé à lui durant ces deux semaines.

Je n'ai même pas eu le courage de l'appeler ni de le bombarder de textos coquins, confia-t-elle.

— Waouh, Samantha ! Sérieux ? Depuis quand est-ce que tu te laisses intimider par un homme ? S'étonna Maëline.

— Je ne sais pas. Chaque fois que j'ai pris mon téléphone pour l'appeler, une force invisible m'en a empêchée, répliqua-t-elle sur un air de confession.

— Peut-être qu'il y a véritablement un truc entre vous ? suggéra Elyna.

— Non ! Tu délires ma grande. Attends que Sam l'ait eu dans son lit pour le repousser ensuite comme un malpropre et porter son regard de prédatrice sur un autre, rétorqua Noélie, le sourire en coin.

— Oui, je l'avoue. Je suis une diablesse ! Abdiqua Samantha avec une mine défaite.

— Les filles, le repas est servi. Les coups d'un soir peuvent attendre, fit Maëline. Elles éclatèrent toutes de rire, se jetèrent comme des gamines affamées sur le plat de hérisson fumant qu'elles dévorèrent à cœur joie.

2-

Samantha était rentrée depuis un moment. Elle avait passé une soirée chaleureuse en compagnie de ses copines. C'était un bonheur, leur présence dans sa vie. Ensemble, elles étaient invincibles telles des amazones affrontant avec bravoure toutes ces choses que la vie pouvait offrir.

La jeune femme était heureuse et satisfaite de cette amitié sincère et désintéressée. Par contre, cette nuit, elle en voulait à ses copines. Comment avaient-elles pu balayer du revers de la main les sentiments qu'elle éprouvait pour Noam ? N'avait-elle pas le droit d'être amoureuse ? Pourquoi ne l'encourageaient-elles pas au lieu de réduire ses sentiments à une énième partie de sexe ? Samantha en avait comme une énorme boule au travers de la gorge.

Certes, elle n'était pas une nonne mais jamais elle ne leur avait parlé de sentiments comme ce soir. Elles auraient pu discerner la sincérité de ses propos. Hélas !

En effet, Noam n'était pas un mâle qu'elle désirait pour assouvir un besoin bestial. Non ! Cette perspective avait changé sur la piste de danse du night-club de l'hôtel et plus tard lorsqu'ils s'étaient retrouvés seuls en chambre. Quelque chose s'était produit en elle au contact de son corps. Elle ne pouvait l'expliquer mais cette chose subite avait comme établi un ordre nouveau au mépris de toutes ses résistances. N'était-ce pas la toute première fois qu'elle se retrouvait dans une pièce avec un homme sur qui elle avait jeté son dévolu sans coucher avec lui ?

Comment fallait-il leur faire comprendre que cet inconnu d'un soir produisait sur elle quelque chose de particulier, d'étrange, de troublant et de plaisant ? Une sorte d'alchimie explosive. Comment fallait-il leur faire comprendre que pour lui, sans même le connaître et sans même qu'il ne le sache, elle avait envie d'être une nouvelle personne ?

Hélas ! Elle était fichée comme une criminelle avec une bien piètre renommée. Comme elle aurait apprécié que ses sœurs l'encouragent à arroser ce sentiment nouveau ! Mais, aucune d'elles n'y accordait de crédit et c'était justement ce qu'elle leur reprochait et qui l'empêchait encore à cette heure tardive de trouver le sommeil.

Il était 23 h, mais la jeune femme ne dormait toujours pas. Elle tenait en main un roman qu'elle lisait en songeant à Noam. C'était si bon de penser à lui de cette façon si différente. Il ne lui faisait pas l'amour et toutes ces choses interdites dont elle raffolait. Non ! Il était avec elle tout simplement, marchait à ses côtés, lui tenait la main et illuminait son être de son sourire radieux. Cette pensée la plongeait dans une tranquillité profonde, et une paix parfaite. Qu'est-ce qu'il était en train de lui faire Noam ? Elle revoyait son visage, entendait sa voix, et le battement de son cœur allait en s'accélérant.

Cette sensation était inédite dans la vie qu'elle menait depuis 5 ans. C'était agréable et délicieux de penser à lui et d'imaginer sa présence. Il lui manquait. Elle espérait bien le revoir même si elle ignorait comment elle réagirait. Elle espérait le revoir, s'agripper à son bras, marcher en sa compagnie sur des kilomètres entiers. En l'espace d'un instant, dans le silence merveilleux de cette heure magique, la jeune femme se projeta, avec Noam, dans un avenir plein de charme et de bonheur.

Elle sursauta subitement en poussant un cri déchirant. De toutes ses forces, elle repoussa ses larmes, se leva pour chercher un verre d'eau et but comme un dromadaire.

La pensée qu'elle venait d'avoir était dangereuse pour elle. Elle n'y avait pas droit. Une larme rebelle roula sur sa joue. Elle l'écrasa du dos de la main et baissa la tête en signe de renoncement, d'abandon. L'amour c'était pour les autres. L'amour, c'était pour ceux qui ne s'étaient pas encore brûlés. Se projeter dans un avenir à deux serait un suicide, un acte ignoble qu'elle ne devrait jamais commettre. Il serait aussi dangereux qu'un fusil posé sur la tempe. Un coup, un seul et ce serait fini.

Le cœur de la jeune femme se serra, sa respiration se bloqua. Elle dut prendre une profonde inspiration de toutes ses forces. Elle avait besoin d'air, d'espace. Elle ouvrit la porte de la chambre, accéda au balcon et se laissa choir sur le canapé. La ville dormait en s'étendant à perte de vue. Le ciel couvert d'un manteau noir affichait un sourire, or par endroit, dans un silence mélodieux. L'air était pur et frais. Samantha écouta le bavardage du silence pendant un quart d'heure puis elle se releva, prit à nouveau une profonde inspiration, s'arrêta là sur la balustrade et fixa l'horizon.

Il était là tout beau et la tenait dans ses bras. Ils étaient seuls au monde et vivaient depuis trois ans un amour parfait. Ils s'aimaient si fort, tellement fort que leurs deux familles avaient fini par ne plus faire qu'une.

Samantha poussa un long soupir. Les souvenirs montaient avec une violence accrue et des douleurs insupportables. Ils montaient comme des vagues déchaînées par une tempête meurtrière.

Non ! Elle n'avait pas le droit d'aimer Noam, pas le droit de se laisser emporter, une fois encore par ces chimères de supposé bonheur à deux. Non ! Elle n'avait pas le droit de foutre sa vie en l'air. Elle venait de loin, de si loin qu'elle ne pouvait se le permettre. Ce serait le chaos absolu. Elle avait fait du chemin, broyé du noir, bu la mort… Aimer Noam, ce serait lâcher l'échelle et se laisser tomber dans le gouffre, ce serait se faire guillotiner. Oui, ce serait exactement cela, regarder les yeux fermés le couperet lui trancher la tête. Aimer Noam ce serait accepter de souffrir à nouveau, se vider de son sang, accepter d'être enterrée vivante et d'errer sans destination. Non. Samantha ne pouvait soumettre son cœur à un second supplice de ce genre. Elle avait déjà eu sa part de chagrin et de désillusion. Par miracle, elle avait réussi à remonter la pente mais on n'avait qu'une vie, qu'une âme sœur et la sienne était bien loin désormais. Un rêve brisé. Un chagrin endormi, au repos, comme un volcan dont le réveil serait à n'en point douter catastrophique.

3-

Le téléphone qui sonne. La sublime voix de Lilian qui annonce sa présence dans dix minutes. Elle qui court l'attendre en bas. Soudain un effroyable bruit au bout du fil. Des cris de terreur à fendre le cœur qui se font entendre de partout, de si près. Une voix tremblante et des mots à peine audibles qui appellent Lilian, le supplient de répondre. Des sanglots qui étouffent ces mots avec la peur de comprendre l'inévitable. Le silence de Lilian qui enfante des larmes. Les images qui défilent à reculons. Les sirènes de l'ambulance qui hurlent. L'attroupement monstre qui commente l'horreur. La course contre la montre. Le combat contre l'angoisse et la culpabilité. Les prières pour repousser les assauts de la grande faucheuse. Les larmes pour refuser la sentence. Et les pleurs pour dire adieu.

Lilian était parti ainsi pour un voyage sans retour. Un chauffard l'avait décidé ainsi, ses freins avaient lâché et il avait percuté et projeté Lilian. Et toute la vie de Samantha s'était effondrée.

Son univers entier avait disparu. Lilian était parti. Son grand frère, son ami, son confident, son premier amour, son fiancé s'était éteint alors qu'il venait la chercher pour aller dîner. Il n'avait même pas pu voir comme elle s'était faite belle pour lui… Il l'avait abandonnée alors qu'il lui avait promis qu'il affronterait tout pour elle. Tout sauf que la mort n'en faisait pas partie car Lilian avait refusé de se relever pour elle.

Il était donc parti. Sans un au revoir. C'en était fini de leurs rêves et promesses. Elle était désormais seule, toute seule, bien seule et pour toujours.

Leur amour était mort avec lui. Ils ne se marieraient plus, ne fonderaient plus de famille. En fait, ils n'avaient plus toute la vie devant eux pour s'aimer mais elle avait désormais l'éternité pour le pleurer. Avec lui, tous les souvenirs et l'ensemble de leurs projets. Le rêve d'amour fou, de cœurs liés pour la vie s'était transformé en un horrible cauchemar. Samantha devait s'y faire.

Des années durant, la jeune femme avait été dévastée par ce chagrin inconsolable. Elle avait expérimenté l'angoisse, la douleur et la solitude. Et elle ne s'était plus attachée mais plutôt renfermée sur elle-même. La vie était un mensonge grotesque. Les histoires d'amour n'étaient que des chimères pour faire souffrir indéfiniment. Samantha ne voulait plus aimer personne. Ça ne durait jamais sinon l'espace d'un instant et ça brisait le cœur à vie. Elle s'en était lavé les mains. Et elle s'en portait mieux.

Depuis, elle s'était accrochée à son travail en s'y investissant corps et âme.

Penser à Noam cette nuit ravivait toute une montagne de souvenirs ; L'innocence et l'insouciance de l'adolescence, les premiers sentiments pour un garçon beau et séduisant, le premier rendez-vous et ses appréhensions, le premier baiser et ses dérives. La toute première fois et ses inquiétudes, la sensation étrange et agréable du monde inconnu, ses délices et ses champs à explorer. Ils étaient si jeunes et tellement amoureux. La naissance des rêves, des promesses et des projets.

Et comme toujours, un énorme chagrin lui déchira le cœur.

Et comme toujours, elle pleura en silence son Lilian.

C'était trop injuste qu'il soit parti de la sorte. Elle était si malheureuse même si personne ne s'en apercevait. Elle n'abordait jamais le sujet. Aux filles, elle leur avait juste expliqué que son premier amour était mort dans un accident mais elle n'avait jamais évoqué les circonstances, son trouble et toute la peine qu'elle portait. Elles n'avaient jamais jugé ses dérives sentimentales à part la titiller quelquefois en l'exhortant à s'attraper un prince charmant pour la vie.

La gorge nouée par son chagrin et ses sanglots, Samantha retourna dans sa chambre, s'assit sur le lit, resta songeuse un bon moment, s'empara de son téléphone et composa le numéro de Noam sans réfléchir. Il pouvait penser ce qu'il voulait mais elle avait juste envie de l'entendre pour se sentir mieux. Elle inspira un bon coup avant de se lancer. Il était plus de 23 h. Ne dormait-il pas ? Était-il seul ? Sinon que faisait-il et avec qui ? Elle se désista. Il n'était pas question qu'il pense qu'elle le relançait pour coucher avec lui. Peut-être même qu'elle ne comptait pas pour lui sinon il l'aurait appelée au moins une fois. Samantha se trouva un nombre indéterminable d'excuses si bien qu'elle posa son téléphone au chevet du lit, se recoucha et éteignit la lumière.

Morphée lui ouvrait grandement les bras quand la sonnerie de son portable retentit. Punaise ! Elle avait oublié de le mettre sur silence avec toute cette tourmente. Aussi promena-t-elle nerveusement sa main pour le prendre.

— Allo, dit-elle d'une voix ensommeillée.
— Désolé de te réveiller, le téléphone m'a trahi, avoua-t-il d'une voix gênée.

— Noam ? murmura-t-elle incrédule.

— Le plus grand des idiots, confessa-t-il.

— Je le confirme, soutint-elle avec un sourire. Comme elle était heureuse de l'entendre. Le téléphone accroché à l'oreille, elle se redressa dans un soupir. Dire qu'elle avait failli l'appeler.

— Je pensais à toi et je me suis souvenu que je n'avais pas encore appelé, bafouilla-t-il.

— En tout cas, ce n'est pas trop tôt, fit Samantha sur un ton de reproche

— Je suis vraiment navré. J'ai été très pris ces temps-ci. Je viens juste de rentrer de voyage et ta carte de visite, je ne l'avais pas sur moi.

— Ah bon ?

— Oui, voyage professionnel au Japon. Je suis arrivé à 15 h.

— Tu déconnes ? s'écria-t-elle en réalisant qu'ils étaient dans le même pays et avaient pris le même vol. Elle voulut le lui signifier et regretter qu'ils ne se soient pas vus mais les mots ne sortirent pas.

— J'y ai passé 12 jours. Alors pour me faire pardonner, je souhaite t'inviter demain à un dîner gala en faveur des orphelins. Samantha était excitée et très heureuse. Bien sûr qu'elle voulait être à ce dîner en sa compagnie mais elle résista. Il n'avait pas le droit de la mettre dans cet état-là. Elle n'aimait pas la façon déplacée dont son cœur cognait dans sa poitrine.

— Tu me prends au dépourvu. Je voudrais bien surtout pour la cause mais je ne maîtrise pas vraiment mon agenda de demain.

— Ah ! je vois ! dit Noam avec une déception dans la voix. Elle eut comme un frisson.

— Je peux te donner ma réponse à 10 heures demain ?

— Sans souci. Je croise les doigts dans ce cas. Elle éclata de rire.

— Je te dis à demain. Et tâche d'appeler plus tôt la prochaine fois, suggéra la jeune femme visiblement heureuse.

— C'est bien noté, reprit Noam avec un rire heureux.

Chapitre 8

1-

Je tenais encore le téléphone en main, la mine heureuse comme un enfant recevant le jouet de ses rêves. La conversation n'avait duré que cinq minutes. Mais ce fut cinq minutes de pur bonheur. Samantha était un petit ange tout particulier. J'étais heureux d'entendre sa voix et d'essuyer ses reproches. Elle était tellement belle, entreprenante et si coquine ! Je ne savais rien d'elle à part ces trois aspects mais son rire me plaisait. Assis-là sur ma planche à dessin, j'imaginais son joli visage et son merveilleux corps.

Dire que quelques instants plus tôt, je me tournais les pouces ne sachant si je devais ou pas l'appeler. En effet, j'ignorais totalement ce que j'allais bien trouver à dire à cette belle inconnue d'un soir que je n'avais malheureusement pas rappelée depuis deux semaines. Et il me sembla entendre la fonction intelligente de mon portable me faire descendre de mon petit nuage « À qui le merci ? ». Pour toute réponse, je le posai délicatement sur mon bureau avec un gentil sourire.

En repensant à ma conversation avec Samantha, j'eus

l'impression qu'elle était heureuse de mon appel même si rien ne le confirmait vraiment. Par ailleurs, n'avait-elle pas refusé poliment mon invitation ? Elle avait certainement oublié cette nuit de débauche et j'avais intérêt à faire pareil puisque visiblement il ne s'était rien passé entre elle et moi. Je me promis alors de supprimer son numéro si elle ne me rappelait pas le lendemain ou si elle trouvait une excuse quelconque pour confirmer mes soupçons.

J'avais acquis une certaine expérience avec Précieuse. Ces dernières semaines, j'avais même eu gratis un cours accéléré en déboires amoureux. Aucune chute, fût-elle haute et spectaculaire, ne m'émouvait plus. L'amour ce n'était pas pour moi. Non ! Je n'avais absolument rien à attendre de ce sentiment stupide qui aliène tout simplement. Depuis deux semaines, je me sentais mieux. Bon, ce n'était pas la forme du siècle, mais il y avait certaines questions que je ne me posais plus, certaines humeurs que je ne supportais plus et certaines frustrations qui ne m'éclaboussaient plus. En somme, je n'étais plus tourmenté par l'infidélité lumineuse de Précieuse, ses conversations multiples et incompréhensibles, ses nombreuses absences et ses millions d'excuses farfelues. Je ne saignais plus, en proie à de quelconques questions destructrices ou des films affreux de mon esprit trop fertile. Non ! Je ne me détruisais plus avec toutes ces réflexions meurtrières.

Depuis deux semaines, je me sentais mal juste parce qu'elle m'avait trahi et brisé notre mariage et que mon idiot de cœur continuait de l'aimer et de la réclamer. J'étais certes chagriné au plus haut point mais c'était préférable à la marre d'incertitudes et de suppositions qui me hachaient habilement le cœur. Je savais désormais que Précieuse n'étais plus là mais c'était préférable que de la savoir présente et pourtant de plus en plus loin. Je faisais mon deuil et souvent l'horreur de ce soir hideux d'il y a trois semaines m'aidait sérieusement. La douleur peut parfois apaiser comme une larme légère qu'on verse sans faire attention sur le chemin de nos désillusions.

2-

Ce jour-là, Précieuse et moi avions déjeuné ensemble à la maison. Tout allait bien. Tout était normal. Par ailleurs, le ciel éblouissait par un bleu poétique et magnifiait le temps. Nous avions échangé sur l'opportunité qui s'offrait à nous. Sous peu, on deviendrait très riche. Sauf cataclysme, j'allais signer avec une corporation internationale pour des centaines de millions de dollars. Le marché du siècle. C'était un acquis.

Précieuse était visiblement heureuse pour ce qu'elle appelait la consécration de mon talent. Elle était fière. Je promis, une fois le contrat signé, de l'emmener en vacances explorer le monde selon les destinations de son choix. Nous avions ri. Je la trouvais si belle et tellement spéciale.

Nous riions ensemble pour la dernière fois et je ne le savais pas. Elle m'avait même laissé lui caresser les mains, l'embrasser et lui avouer combien je l'aimais et combien elle m'inspirait. J'étais heureux. Mais en réalité, le bonheur est un leurre. C'est terrible comme l'envers d'un décor peut être hallucinant, ahurissant et déstabilisant.

À 15 h au bureau, je constatai que j'avais oublié un dossier confidentiel que je devais présenter à la séance de travail. C'était bizarre parce que j'étais certain de l'avoir rangé dans ma mallette avant de sortir, mais au risque d'halluciner, le document n'y était pas. Je songeai au stress dû à cette opportunité de toute une vie mais c'était tout de même très curieux.

J'appelai Précieuse pour voir si elle pouvait m'apporter le document mais elle ne répondit pas. Je me souvins qu'en ma présence, elle avait reçu l'appel de sa coiffeuse et était partie se faire une beauté. Elle devait encore y être. Avec tous les commérages que les femmes se racontaient dans ces salons, ç'aurait été un miracle que Précieuse entende son téléphone sonner. C'était déjà arrivé plus d'une fois. Je l'avais appelée Dieu seul sait combien de fois. Et lorsqu'elle rentrait, elle me sortait qu'elle n'avait pas entendu son téléphone sonner...

Je regardai ma montre. J'avais encore deux heures devant moi avant la séance de travail. Je donnai quelques consignes à mon assistante et je courus à la résidence prendre le dossier.

Au parking, je trouvai la voiture de Précieuse garée. C'était bizarre. Au salon de coiffure, elle y passait des heures entières en tous cas depuis des mois maintenant. Je pariai donc que la coiffeuse s'était absentée. Mais non, Précieuse l'avait eue au téléphone une heure plus tôt lui demandant de venir. Cela commença à me chiffonner en descendant de mon véhicule mais je me rappelai à temps que ma femme était la mère des caprices. Des semaines, elle désirait une chose du lever au coucher et la minute d'après, elle ne voulait plus en entendre parler. L'essentiel était de la savoir à la maison. Par ailleurs, la porte n'était pas fermée.

Mon cœur s'arrêta de battre. J'eus l'impression de sortir de mon corps et de planer sur l'image affreuse qu'il m'était donné de voir. Je crois que mourir devrait procurer une sensation pareille. J'étais là, tout se passait sous mes yeux mais je ne pouvais rien faire sinon souffrir et encore souffrir. J'étais là à avoir mal au point de ne plus ressentir la douleur, comme immunisé par un pouvoir magique. J'étais comme mort. C'était indescriptible. J'étais dans un ailleurs terrifiant et horriblement silencieux.

Par contre, la scène d'effroi, elle, s'éternisait, croissait en intensité et m'emportait. Ma Précieuse, nue comme un ver était assise à califourchon sur cet homme, musclé, viril, qui la sautait machinalement. Elle gémissait à perdre haleine en lui griffant le dos. Tous deux poussaient des râles de plaisir. Je la voyais se déhancher dans tous les sens pendant que son amant la tenait par les hanches, les fesses ou les cheveux.

Je voulais mourir, partir, disparaître. Mais je restais figé comme enchaîné par des forces monstrueuses, vigoureuses, qui m'obligeaient à avaler l'absurdité de l'existence, les yeux grands ouverts. Je voulus hurler, vomir mais je n'avais plus aucune force pour le faire. Je voulus fermer les yeux mais ils refusaient de s'exécuter. Je voulus m'enfuir mais mes membres étaient tremblants, incapables de faire le moindre mouvement. Mes jambes devinrent comme du coton tandis que mon cœur brisé par une douleur indicible sortait de mon corps. Et ce fut le néant. Un immense trou noir et plus rien.

Troisième partie
La gueule du loup

Chapitre 9

1-

Le divorce était prononcé. Noam lui avait tout concédé, sans aucune difficulté, jusqu'aux plus minimes de ses exigences. L'homme voulait un divorce à l'amiable sans heurt afin d'affronter paisiblement cette nouvelle vie que la jeune femme leur imposait.

Pourtant, ce matin, Mya avait un pincement au cœur, gros comme l'univers entier. Noam était une autre personne. C'était un ange aussi beau qu'une rose, séduisant qu'un prince, et élégant qu'un top model. Il s'était mis sur son trente et un comme le jour de leur mariage et respirait la pleine forme. Elle ne l'avait jamais vu de la sorte.

Durant l'audience, elle ne parvint pas à le quitter des yeux un seul instant. En deux mois, il s'était comme métamorphosé de façon si particulière qu'elle avait du mal à le réaliser. Cette image qu'il lui renvoyait ce matin, après son départ de la maison il y a un mois dans un état de désespoir absolu, était loin de celle qu'elle avait envisagée. Que se passait-il ? Il devait bien se passer quelque chose et cela l'intriguait sérieusement.

— Nous avons gagné Mlle Assayi, fit l'avocat de Mya en lui tapotant l'épaule. Elle sursauta, effrayée.

— Vous avez fait du bon boulot Maître Fofana, reprit-elle avec un sourire jaune en se retournant pour faire face à son interlocuteur. L'homme la dévisagea d'un air interrogateur. Ils venaient de dépouiller Noam au sens propre du terme et elle affichait une mine défaite.

— Tout va bien ? s'enquit l'avocat, sourcils froncés, refroidi par l'attitude peu convenable de sa cliente.

— Noam est trop heureux pour quelqu'un qui vient de perdre une fortune, en plus de la femme qu'il aime, observa-t-elle nerveuse. Maître Fofana eut un sourire.

— Noam garde la face après l'horreur. C'est un gentleman. C'est la posture du combattant. S'il ne tente pas de garder cette sérénité, il peut perdre la tête et attenter à sa vie. C'est courant, tu sais ?

— Ah ! je vois ! reprit-elle avec un sourire plus clair, plus large, quelque peu soulagée par cet aveu. Ça ne devait être que cela. Sans doute, voyait-il un psychologue à la con et tentait-il d'appliquer à la lettre les consignes miracles de ce dernier. Comme elle était soulagée ! Elle avait pensé qu'il ne l'aimait plus…

— Mais au fond qu'est-ce que ça peut bien te faire qu'il soit heureux ou pas ? demanda l'homme intrigué par l'apaisement de sa cliente.

— Je n'en sais trop rien Maître. J'ai comme le pressentiment que Noam prépare quelque chose de pas net à mon encontre, reprit-elle.

— Tu crois ? Honnêtement, je pense et cela n'engage que moi, que Noam est un chic type. J'ai plutôt senti qu'il avait hâte d'en finir avec cette histoire de divorce pour passer à autre chose. Je suis convaincu que si tu lui avais demandé le ciel et son contenu, il te les aurait donnés pour divorcer, confia l'homme qui prit aussitôt congé de Mya. Il avait un gros chèque à encaisser et une autre affaire pressante à régler. Certainement une cliente qui, elle, dégusterait pleinement sa victoire.

Mya regarda l'homme s'éloigner tandis que ses derniers propos résonnaient encore dans sa tête. Noam lui aurait même donné le ciel pour divorcer. Cela la troublait énormément. Elle sentit son cœur comme sortir de sa poitrine. Ne l'aimait-il plus à ce point ? Aujourd'hui encore, il n'avait pas posé les yeux sur elle. C'était comme si elle n'existait plus. N'était-ce pas le message qu'il tentait de lui véhiculer en lui concédant tout ? Mya sentit les larmes lui brûler les paupières. Noam l'avait enterrée vivante depuis qu'il l'avait vue se faire prendre sous ses yeux comme une traînée. Elle n'était plus sa précieuse, la femme pour qui il ferait tout et n'importe quoi. Mya se sentit soudain sale et répugnante. Aussi étrange que cela puisse paraître, elle avait mal et ressentait un réel pincement au cœur et un dégoût pour sa propre personne. Elle sentit subitement un tel vide ! Comme si elle réalisait seulement à cet instant précis que c'était bien fini, fini par sa faute.

Par ailleurs, Maître Fofana ne l'avait-il pas appelée Mlle Assayi ? Il n'y avait plus aucune attache avec Noam. Mya soupira en se rendant à sa voiture. Longtemps l'amour de Noam avait constitué sa force, son équilibre. Elle pouvait tout se permettre car elle savait qu'il l'aimait au-delà de toute conception humaine. C'était une telle assurance que rien ne l'effrayait. Elle pouvait affronter le monde car elle était la précieuse d'un homme exceptionnel. Mais là maintenant, elle se sentait brusquement seule, comme abandonnée.

Dans sa voiture, elle pleura amèrement. Elle se savait être la plus extraordinaire des idiotes mais elle sentait cette envie profonde de pleurer cette histoire qui s'achevait de la pire des manières.

2-

Ce jour-là au bureau, Mya demanda que personne ne la dérange. Elle n'était pas d'humeur. Noam et elle, c'était fini. Une pile de documents sur son bureau le certifiait. Ils étaient divorcés, pour de vrai. Elle allait désormais vivre son histoire d'amour avec Karl comme elle l'avait toujours rêvée. Pourtant, Noam lui manquait, déjà. Étrangement !

Depuis une année que Karl était entré dans sa vie, c'était la toute première fois, que Noam lui manquait, qu'elle pensait à lui avec une telle intensité. La toute première fois en une année qu'elle ne le détestait pas. Jusque-là, il était cet obstacle qui l'empêchait de voir Karl, son bel amant, d'être pleinement à lui, de faire avec lui le tour de la ville, de vivre avec lui tant de choses extraordinaires. Il était cet individu de trop qui l'empêchait de s'épanouir, de respirer, de vivre… Mais maintenant que le divorce lui ouvrait toutes les portes autrefois fermées, elle n'était plus sûre de vouloir les franchir. Elle n'était plus sûre de rien.

La jeune femme prit une profonde inspiration. Elle étouffait malgré la climatisation excellente de son vaste bureau. Une fois encore, les larmes lui brûlèrent les paupières. Elles étaient chaudes, désagréables et envahissantes. Elles allaient faire couler son maquillage. Quelle idiote elle faisait en pleurant

Noam alors qu'elle s'était évertuée jour après jour à lui faire mal, à lui briser le cœur et toute envie de vivre ! Quelle idiote elle faisait à pleurer alors qu'elle était désormais libre, libre de vivre le rêve tant caressé !

Du revers de la main, elle essuya ses larmes malgré elle et inspira à nouveau, profondément. Au fond Maître Fofana avait raison. Noam était un chic type. Elle lui avait fait vivre un enfer alors qu'il ne demandait qu'à être aimé. Quoi de plus légitime ?! Ne lui était-il pas dévoué depuis leur rencontre ? Ne l'aimait-il pas au-delà de toutes ses espérances ? Noam, un homme exceptionnel, un amour. C'est fou mais il lui manquait !

Mya fondit à nouveau en larmes. Elle pleura comme pour soulager sa poitrine de cette douleur si atroce. Elle pleura comme pour supplier Noam de lui pardonner tout le mal qu'elle lui avait fait. Elle pleura sans savoir pourquoi elle pleurait.

Aujourd'hui à l'audience, Noam n'avait toujours pas réussi à poser les yeux sur elle. Mya ne le supportait pas. Cette image lui hachait le cœur. Elle n'arrivait pas à la sortir de sa tête. Couchée là sur son bureau, la jeune femme n'acceptait pas que Noam ne l'aime plus. Elle refusait cela. Elle était sa précieuse et cela ne devait pas changer. Elle avait besoin de cette certitude pour vivre, pour avancer, pour être celle que tout le monde aimait et enviait. Elle avait besoin de lui. Elle le comprenait sans doute tardivement mais son amour était sa boussole, sans quoi, la vie ne méritait pas d'être vécue.

Les yeux noyés de larmes, la jeune femme revint au soir de son premier rendez-vous avec Noam. Elle était rentrée heureuse, séduite par ce bel homme qui n'avait cessé au cours de la soirée de la dévorer du regard. Elle était la plus belle des fleurs. Elle était la plus scintillante des étoiles. Il lui donnait l'impression d'être tellement précieuse alors que Martin, lui, la traitait comme une moins que rien…

Oui ! Ce salaud de Martin ! Elle en était folle amoureuse mais il couchait avec toutes les filles du quartier. C'était un homme à femmes qui ne s'attachait pas, qui avait une pierre à la place du cœur. Il la traitait comme une moins que rien alors qu'elle mourait d'amour pour lui, pleurait pour lui et souffrait à cause de lui. Martin, un bel enfoiré !

Mya se souvint de son altercation avec Noam. Il avait compris que ce jeune cadre dynamique, élégant, poli tenait véritablement à elle pour venir la chercher chaque matin et la déposer chaque soir à bord de son véhicule. Aussi avait-il eu l'audace de lui cracher que c'était lui, Martin, qu'elle aimait, lui qui l'avait déflorée et qui savait comment la faire jouir en la regardant juste dans les yeux.

Il avait tenu des propos grossiers et tellement méchants mais cela n'avait point découragé Noam. Il ne l'avait même pas jugée sur son choix de se donner à un énergumène pareil. Non ! Noam l'avait défendue. Il avait même osé affronter Martin, ce voyou. Et elle, il l'avait aimée plus fort que jamais au point de faire écrouler toutes les certitudes de son envahissant et prétentieux rival.

Noam était un chic type qui l'avait toujours traitée comme une princesse. Comme il l'aimait ! Il n'avait fait que l'aimer depuis l'entame de leur histoire, leur vie à deux, leur mariage jusqu'à cet après-midi d'adultère, sous son propre toit. Elle reconnut être allée trop loin… Elle avait franchi la ligne rouge, celle qu'elle ne devait pas. Elle n'aurait jamais dû faire cela à un homme qui ne vivait que pour elle.

Les images se succédèrent, les unes à la suite des autres. Mya en vint à la conclusion que Noam avait toujours été là pour elle, à la conquérir avec son cœur, les mots et les cadeaux. Il avait toujours été là pour elle, à l'encourager à avoir confiance en elle, à croire en ses potentialités et à réussir à signer son premier contrat à durée indéterminée. Comment ne pas se souvenir du dîner pour fêter l'événement ? Ce fut une soirée merveilleuse, un jour exceptionnel !

C'est d'ailleurs ce jour-là qu'ils avaient fait l'amour. Une année et sept mois depuis qu'ils se fréquentaient. Ils étaient allés à son rythme. Avec patience, Noam avait réussi à briser toutes ses résistances et appréhensions. Il la voulait pour la vie et non pour une torride partie de sexe sans lendemain. Et elle lui avait donné son cœur sans crainte car il lui vouait un amour incroyable et la comblait sans relâche.

Amoureuse et épanouie, elle s'était par la suite résolue à emménager avec lui pour son plus grand bonheur, depuis tout le temps qu'il le lui proposait. Ils s'étaient fiancés le trimestre d'après, puis mariés six mois plus tard et s'étaient envolés en voyage de noces pour les dix villes les plus romantiques du monde ; Venise, Paris, New York, Vienne, Prague, Rome, Barcelone, Buenos Aire, Budapest et Montréal. Dans ses rêves les plus fous, elle n'aurait jamais pu visiter ces cadres si magiques dont elle rêvait dans les films et les guides de voyage.

Mais, une fois encore, Noam avait donné vie à son rêve. Il était une grâce, un ange pour réaliser les moindres désirs de son cœur.

Noam, un homme exceptionnel qui avait tout supporté surtout son infidélité avec Karl et ses quelques flirts avec Martin en passant alors qu'elle lui avait juré qu'elle ne le voyait plus… Une fois encore Mya pleura. Si fort que son assistante en eût le cœur déchiré. La jeune femme se leva. Elle ne pouvait pas laisser Noam sortir de sa vie. Elle ferait tout et n'importe quoi pour le reconquérir. Elle s'empara de son téléphone et composa son numéro.

Chapitre 10

1-

Le Jour s'était levé enfin. L'audience se tenait à dix heures. Je n'étais pas parvenu à fermer l'œil de la nuit. J'avais hâte d'en finir. Quelle attente ! Les heures avaient comme refusé d'avancer pour rallonger davantage cette dernière nuit où j'étais encore marié à Précieuse.

Au fils des minutes, les souvenirs ont titillé ma mémoire. Ils se sont succédés comme une bande vidéo en retraçant les hauts et les bas de cet amour qui s'en allait pour toujours. Pour une fois, je n'avais pas le cœur qui saignait. Je sentais au fond de mon être que je faisais mon deuil avec une certaine dignité. Surtout rester digne dans l'affliction.

Je me cachais souvent pour pleurer quand la douleur devenait épouvantable mais après, je prenais aussi le temps de rire de merveilleux moments passés ensemble, ces rires fous qui résonnaient encore dans le lointain, ces rires absurdes, enivrés de vins et de bières qui peuplaient le bar où mes copains et moi enterrions ma vie de garçon, ces rires joyeux qui découvraient le monde et tous ses interdits.

Un jour, une amie m'a confié qu'entre l'amour et la haine, il n'y avait qu'un pas. Certes ! Mais dans mon cœur, il n'y avait pas de place pour la haine. Je ne pouvais pas haïr Précieuse, je n'en avais pas la force. Elle et moi avions été tellement heureux autrefois, que je ne pouvais balayer ces moments délicieux du revers de la main.

Mais après, la vie reste un choix. Précieuse avait détruit nos rêves pour entamer sans moi un autre nouveau projet, peut-être plus grand. Je devais en tirer toutes les leçons et continuer de vivre, malgré tout.

La pire chose qui puisse arriver dans une vie, c'est de perdre l'amour en chemin. Ça, je ne le souhaite même pas à mon pire ennemi. Mais s'accrocher aux regrets, c'est un cauchemar qui fait croître l'angoisse, le désarroi, la désillusion et le chagrin. Je ne pouvais pas accorder cette faveur à Précieuse. Je me devais de vivre, d'avoir moi aussi un nouveau rêve beaucoup plus grand que celui qu'elle avait et qui l'a poussée à me quitter.

La porte de mon bureau se referma derrière moi, sans un bruit. Je retirai délicatement ma veste et l'accrochai au porte-manteau. Je me servis un verre de whisky et me laissai tomber dans mon fauteuil. Je bus une première gorgée en serrant les dents, puis une seconde et enfin une dernière, en poussant un cri, un rugissement pour être exact. Je me levai de mon siège en m'efforçant de canaliser le flot de mes émotions.

Précieuse et moi, c'était fini. Pour de vrai. Le rêve s'était envolé. Et le cauchemar engendré venait lui aussi de se terminer, cette fois. Je n'arrivais toujours pas à le croire mais je venais de divorcer effectivement de la femme avec qui je m'étais promis de passer le restant de mes jours. Toutes les promesses ne peuvent être tenues.

Cette vérité me procurait une drôle de sensation. Je ne savais plus ce en quoi je croyais vraiment. Je caressai tendrement mon annulaire, il était désormais vide. Le diamant y avait laissé une trace mais elle disparaîtrait avec le temps. Tout finit par disparaître de toute façon. Rien n'est vraiment éternel. Je me servis encore un autre verre de whisky.

L'audience n'avait duré qu'une heure. À 11 h, c'en était fini pour une relation de huit ans. Quelques signatures avaient décidé de tout, même que mon cœur ne devait plus battre pour Précieuse. Comme la vie peut être ironique !

Mais bon, j'étais tout de même le rescapé d'un naufrage. C'était donc une chance d'être là. Je n'allais pas la gâcher. J'allais vivre, vivre sans rien attendre de ce que la vie pouvait offrir. J'en avais une idée bien précise désormais. Vivre, c'est certainement cela, avancer les yeux fermés sur le chemin de l'inconnu. Seul compte l'instant présent. Autant en profiter à fond parce que le passé peut être douloureux, et un véritable casse pied pour le futur. Vivre, c'est avancer malgré l'adversité et la violence des coups. Je ne m'étais jamais senti aussi déterminé. Demain n'appartenait peut-être à personne mais je comptais y inscrire une nouvelle histoire en lettre d'or.

Je fis signe à mon assistante de faire rentrer mon rendez-vous.

2-

L'homme et moi échangeâmes une virile poignée de main et je l'invitai à s'asseoir. Je fus impressionné par son obésité et son costume hors de prix. Il me donnait l'impression d'y étouffer. Il était d'une humeur assez agréable.

— Monsieur Mahan, c'est un sacré bureau que vous avez là ! Dit-il plein sourire en promenant un regard séduit tout autour de lui.

— Merci, Monsieur Touré, dis-je avec un petit sourire.

— Le pays entier est fier du travail que vous faites et des lauriers que vous ne cessez de glaner, m'apprit-il, toujours avec cet air jovial qui ne pouvait qu'appeler une certaine sympathie.

— J'en suis honoré. J'essaie de faire mon travail du mieux que je peux tout simplement, dis-je.

— Justement, la perfection se dessine dans la simplicité. Vous êtes un artiste Monsieur Mahan.

— Merci infiniment.

— Je vous fais une indiscrétion. Vous savez, son excellence, Monsieur le Président est satisfait de vous. La semaine dernière, il nous confiait que vous êtes le meilleur architecte du continent. Ne soyez pas surpris de recevoir le prix d'excellence cette année.

— Ah bon ?! On verra bien mais ça fait toujours plaisir de savoir que notre travail est apprécié. Nous échangeâmes un sourire puis je sentis mon interlocuteur prendre une profonde inspiration. Il se racla la gorge.

— Cela dit Monsieur Mahan, je suis envoyé par mes pairs en ce matin pour vous rencontrer et parler franchement avec vous.

— Vos pairs ? Demandai-je car je ne savais rien de

Monsieur Touré. J'avais pensé à un nouveau client qui tenait impérativement à me voir mais rien de plus.

— C'est nous qui prenons toutes les décisions importantes de ce pays, dit-il d'un ton moins amical cette fois en me dévisageant nerveusement.

— Ah bon ?! Demandai-je ironique. Il ne manquait pas de culot.

— Je suis envoyé par mes pairs pour vous faire une proposition concernant le projet JP2016, fit-il en se raclant à nouveau la gorge. Je sentis mon cœur battre. Ce fut mon tour de prendre une profonde inspiration pour garder mon calme.

Mes pairs et moi avons étudié votre offre technique. C'est la meilleure. Le pays a besoin des génies de votre envergure pour son développement. Par contre, concernant votre offre financière, il y a des ajustements à faire. Vous savez que l'argent est le nerf de la guerre, soit dit en passant.

— J'ai peur de ne pas vous suivre, dis-je en essayant de garder mon calme.

— Je vais tenter d'être plus clair. Monsieur Mahan, vous avez toutes les compétences requises pour mener à bien ce projet hors norme. Mais pour valider votre offre et vous accorder le marché, vous devez faire des concessions.

— Des concessions ? De quels genres ?

— Mes pairs et moi vous proposons le tiers de votre facture pour vous accorder le marché.

— Vous m'accordez le tiers, que deviennent les deux autres tiers ?

— Mes pairs et moi les utiliserons pour gérer le pays, tout naturellement. Cela va de soi.

— Je vois. Vous avez été mal informé. Sortez de mon

bureau.

— Holà, Monsieur Mahan, je vous prie de vous calmer. Je suis là juste pour vous informer. Vous avez encore la semaine pour vous décider sinon croyez-moi, vous n'aurez jamais le marché.

— Sortez de mon bureau sinon j'appelle la sécurité

— Pas besoin Monsieur Mahan. Je m'en vais. N'oubliez pas que nous contrôlons tout dans ce pays. Vu tout le travail déjà abattu, vous feriez mieux de vous contenter de centaines de milliards plutôt que rien du tout.

— Ma patience a des limites, sortez immédiatement !

— J'y vais mais vous aurez de mes nouvelles.

— Je suis mort de trouille.

— Vous devriez, croyez-moi.

L'homme était parti. J'avais fermé les yeux pendant une éternité luttant de toutes mes forces pour ne pas exploser. Pourtant, je continuais de trembler de la tête aux pieds. Je ne revenais toujours pas de l'entrevue et de son contenu. J'avais besoin de prendre l'air, réorganiser mes idées avant d'en parler à qui que ce soit et d'entreprendre quoi que ce soit.

Chapitre 11

1-

Samantha ne croyait pas en la véracité des propos de l'appel téléphonique qu'elle recevait. Noam ne pouvait pas être garé au parking de son cabinet d'ophtalmologie, en train de l'attendre. C'était trop beau pour être vrai. Quelle belle surprise ce serait ! Elle libéra en deux temps, trois mouvements le patient qu'elle avait en face d'elle et courut au parking.

Le bolide de Noam était bel et bien garé. Il y était adossé et l'attendait. Sans se faire prier, Samantha sauta dans ses bras. Comme elle était heureuse. Il les ouvrit grandement, la souleva et ils s'embrassèrent comme dans un télénovela. La scène était si belle que plusieurs patients qui la suivirent en eurent des frissons.

— Tu es vraiment venu mon amour, dit-elle en le dévorant du regard. Ses yeux brillaient de mille éclats et son visage rayonnait de bonheur.

— J'avais trop envie de te voir, avoua-t-il dans un sourire et ils repartirent pour une autre embrassade.

— Tu me rends folle, tu le sais ?

— Ah bon ?! Attends de voir ce que je te réserve. Allez, monte !

— Je ne peux pas. J'ai encore plusieurs patients qui attendent, dit-elle en montant tout de même.

— Ils repasseront, dit-il avec un sourire en refermant la portière de son bolide.

— Je ne peux pas mon cœur. S'il te plaît, protesta-t-elle en refermant sa portière, elle aussi.

Noam lui sourit et mit le moteur en marche. Ne sachant que faire, elle le regarda les yeux grands ouverts et croisa les bras. Amusé par son attitude, Noam chercha à l'embrasser. Leurs lèvres se soudèrent une énième fois pour un long et langoureux baiser. Ils en avaient tous deux le souffle coupé. Noam dévisagea la jeune femme au bord de l'excitation avec un sourire malicieux. Sans la quitter des yeux, il promena ses mains sur ses cuisses, remonta sa robe et glissa délicatement ses doigts sous son string. Un doux frisson traversa tout son être. Elle tressaillit, se tortilla et poussa un râle de plaisir. Sa respiration s'accéléra. Elle le supplia d'arrêter en fermant les yeux. Sans dire un mot, Noam retira ses doigts et démarra la voiture dans un crissement de pneus.

Tu es fou, qu'est-ce que tu fais ? Où est-ce que tu m'emmènes ? Je n'ai pas encore fini avec mes patients, se plaignit-elle en le fusillant du regard. Noam éclata de rire. Il en avait les larmes aux yeux.

— Tu es une personne merveilleuse. Merci d'être là. Je savais qu'en venant te voir, je retrouverais le sourire, confia-t-il tout doucement. Les joues de Samantha s'humidifièrent. Les mots prononcés par Noam l'avaient atteinte dans son âme. Elle était heureuse de les entendre.

— Je t'aime Noam. Je ne sais pas comment c'est arrivé mais je t'aime si fort que je ne sais plus où j'en suis, bredouilla-t-elle en pleurant. Noam se rangea sur le côté et la consola. De ses mains, il essuya les larmes de la jeune femme. Ils se sourirent et partirent pour un baiser langoureux. Noam n'en revenait pas. Il n'espérait pas rencontrer, aux portes de la désillusion, une personne aussi magnifique. Ce qu'il ressentait là dans le cœur, il n'avait jamais éprouvé cela en embrassant Mya auparavant. Il aurait voulu lui dire qu'il l'aimait aussi, qu'il pensait aussi à elle mais il n'y parvint pas.

— Je ne saurais te dire si je t'aime mais tu es le plus beau des cadeaux.

— Je n'attends rien de toi Noam. Je sais que notre rencontre s'est faite dans des moments troubles de ta vie mais je veux juste que tu comprennes que je t'aime. Si un jour, tu envisages de prendre ton destin en main, je serai là pour t'y aider.

— Tu es un cœur. Depuis que je t'ai rencontrée, tu me rends un peu plus heureux chaque jour. Tu es une femme incroyable qui me donne envie de me battre pour surmonter cette période difficile. Crois-moi, en si peu de temps, tu m'as apporté la lumière. Je ne l'oublierai jamais. Samantha l'embrassa avec fougue. Elle l'aimait et elle saurait l'attendre. Mieux, elle l'aiderait à remonter la pente. Elle avait besoin de lui dans sa vie. Elle ne voulait plus papillonner. Noam était très important à ses yeux. Elle l'aiderait à retrouver la magie de l'amour. Elle lui tiendrait la main et ils écriraient ensemble une romance qui défierait le temps. Elle l'aimerait si fort que la flamme qui s'est éteinte en lui ne pourrait pas ne pas se rallumer. Ils échangèrent un sourire complice.

— Mes patients vont me renier, plaisanta-t-elle en enlevant

sa blouse.

— Aucun risque mon cœur, tu es trop adorable, répliqua Noam qui démarra en trombe.

2-

Ce fut une belle journée, pleine en émotions diverses. Noam était un cœur qui savait faire rêver et se faire aimer. Samantha était sur un petit nuage. Les souvenirs de ces instants magiques défilaient dans son esprit. Comme elle brûlait d'envie de se retrouver dans ses bras, d'être transportée sous le feu de ses caresses. Mais en face de lui, elle devenait subitement trop pudique.

Aujourd'hui, il l'avait invitée à un déjeuner copieux dans un restaurant japonais et à regarder un film au cinéma. Elle avait l'impression d'avoir dix-huit ans en sa compagnie.

Et quand il l'avait déposée à son appartement, elle avait eu si mal de le voir s'éloigner. Elle aurait tellement aimé qu'il reste avec elle pour lui faire l'amour mais il avait comme établi des balises à ne pas franchir. Pourtant, elle était convaincue qu'il y avait entre eux quelque chose de spécial. Elle sentait de plus en plus un rapprochement qui apaisait son cœur. Elle devait prendre son mal en patience. Noam était déjà embarqué avec elle dans l'ascenseur de l'amour pour une nouvelle aventure. C'était l'homme qu'elle voulait dans sa vie. Il était gentil, très généreux, passionné, talentueux. Il était fascinant et très séduisant. Elle ne remercierait jamais assez le ciel pour tous les moments qu'ils venaient de partager. C'était comme dans un rêve, un rêve éveillé avec un prince charmant qui sort de nulle part, fait pour vivre avec elle, qui panse ses blessures et comble son besoin d'amour, un amour profond qui grandit jours après jour au côté de cet homme exceptionnel.

Chapitre 12

1-

Karl avait rejoint immédiatement le Boss. Au téléphone, ce dernier souhaitait le voir pendant les minutes qui suivaient son appel et il s'était dépêché comme il pouvait pour être au lieu du rendez-vous, la même station-service. La range rover du Boss, y était garée depuis une quinzaine de minutes.

Karl ouvrit la portière et monta. Le visage du Boss était un mur, le bras sous le menton, il fixait une ligne imaginaire, tout droit. Il ne prêta même pas attention à la montée de Karl encore moins à sa salutation. Son chauffeur démarra, comme à son habitude, dans un crissement de pneus. Tout le monde n'avait pas ce luxe de conduire une merveille pareille.

— Je n'ai toujours pas la date de ton mariage, entama-t-il en posant enfin le regard sur Karl.

Ça ne saurait tarder Boss. Mya et Noam ont divorcé aujourd'hui. J'ai l'intention de la demander en mariage en fin de semaine, répondit-il sans affronter le regard de son interlocuteur. Il ne fallait pas être devin pour comprendre qu'il n'était pas d'humeur. Des traits effrayants avaient peuplé son visage, sa bouche s'était comme rallongée et ses yeux étaient fins comme des billes usées. On aurait dit un chimpanzé constipé malgré des efforts désespérés.

— Tu la demandes en mariage aujourd'hui même, répliqua-t-il en caressant nerveusement sa barbe abondante et disproportionnée.

— Boss, j'ai peur de ne pas vous suivre, intervint Karl.

— Tu as jusqu'à la semaine prochaine sinon la fin du mois au plus tard pour être marié. C'est un ordre, dit-il sans sourciller. Karl se prit la tête entre les mains. Il n'aimait pas la tournure que prenaient les choses. Il avait son plan. Il attendait le bon moment pour le mettre en œuvre.

— Je ne peux pas. Vous me demandez de foncer droit dans le mur. Le Boss pouffa de rire, un grand rire sarcastique. Et soudain, le silence.

— Oh que si ! Tu demandes cette pétasse en mariage aujourd'hui et tu as jusqu'à la fin du mois, délai de rigueur pour être marié. Maintenant, tu peux descendre de ma voiture.

Le sang de Karl ne fit qu'un tour. Il ferma les yeux pour contenir sa colère et la rage qui bouillaient en lui. La range rover stationna et il descendit.

Pendant une demi-heure, Karl n'eut pas la force de faire un pas. Il tenait en main deux cartons de réservations que le boss lui avait remis, un dîner aux chandelles au Sofitel Hôtel Ivoire daté du jour même. Karl sentit qu'il étouffait. Il avait besoin de retrouver son calme et ne point céder à la panique.

Il appela Betty pour l'informer. Le téléphone sonna en vain. Elle savait choisir son moment pour ne pas répondre aux appels. Il lança des jurons. En plus, la range rover l'avait laissé dans un endroit quasiment désert. Il ne parvenait pas à avoir un taxi. Tous ceux qu'il arrêtait étaient occupés. Il ne lui restait plus qu'à marcher plus de trois kilomètres au moins. Tout en marchant, il essaya encore le téléphone de sa dulcinée. Elle ne répondait toujours pas. Il commença à s'énerver.

Dans un geste désespéré, il héla un taxi qui venait dans le sens opposé à sa marche. Le véhicule stationna. Karl fit un signe de croix sans s'en rendre compte et traversa en courant, il manqua même de se faire renverser par une voiture.

Une fois installé, il se mit à réfléchir à la chose à faire. Le boss l'avait nettement menacé. Ce n'était pas dans son intérêt de faire un bras de fer. C'était un terrain trop miné pour lui. Il se rabattrait purement et simplement sur Mya. Elle au moins, il la contrôlait encore. Avec elle, il avait toutes les cartes en main.

2-

Karl fut étonné de voir la voiture de Mya au parking. Elle était rentrée plus tôt que d'habitude. Il trouva le salon désert. La femme de ménage s'affairait à la cuisine. Il monta les escaliers en sautant pratiquement les marches.

— Tout va bien mon cœur ? dit-il en se faufilant dans les draps aux côtés de Mya. Il l'embrassa et se figea presque aussitôt. Mya était plongée dans l'album photo de son mariage. Une vague de sensations indescriptibles envahit Karl.

— Tout va bien, répondit-elle avec un sourire amer. Il

n'était pas dupe. Elle était nostalgique et ce n'était pas dans son intérêt.

— Tu ne devrais pas réveiller des souvenirs pareils. Ça risque de te perturber surtout un jour comme aujourd'hui, dit-il en essayant de l'embrasser à nouveau.

— Arrête, je n'ai pas la tête à ça aujourd'hui, dit-elle en le repoussant délicatement

— Et moi je dis que si mon cœur, insista-t-il en lui caressant les seins à travers son body décolleté.

— Arrête, hurla-t-elle en le repoussant violemment. Il manqua de cogner le chevet du lit avec la tête.

— Excuse-moi ! Je ne savais pas que tu tenais autant à Noam et à votre mariage, répliqua-t-il frustré par l'attitude de Mya.

— Comme tu peux être méchant. Je tenais à lui avant que tu ne sortes de nulle part pour tout gâcher, dit-elle en refermant l'album photo et lui abandonnant le lit.

— Je suis désolé mon cœur, dit-il en tentant de la rattraper. Je ne voulais pas dire ça, poursuivit-il.

— Pas besoin de t'excuser. Il n'y a que la vérité qui blesse. Tu as raison, si je tenais à lui, je ne l'aurais pas trompé avec toi. Je ne lui aurais pas brisé le cœur comme je l'ai fait en t'ouvrant grandement les jambes.

Je ne voulais pas t'offenser. Je suis vraiment navré. Il s'avança vers elle pour la prendre dans ses bras. Elle explosa en larmes. Depuis tout le temps qu'elle se retenait !

— On va y arriver. On va surmonter cette épreuve ensemble. Je suis là et je t'aime.

— Je lui ai brisé le cœur. J'ai été si méchante et tellement égoïste, dit-elle en pleurant.

— Ce n'est pas ta faute. Nous sommes tombés amoureux. Tu n'y pouvais rien.

— Je n'aurais pas dû. Je n'aurais pas dû.

Karl la serra très fort dans ses bras. Il tremblait de la tête aux pieds car il réalisait qu'il était dans un problème. Il avait imaginé Mya heureuse du divorce et de tous les biens dont elle héritait mais pas la scène à laquelle il était confronté. Il devait prendre le contrôle des choses. Il devait prendre le contrôle par tous les moyens.

— Écoute mon cœur, on prend un bain et je te fais sortir prendre l'air. Je sais que ce n'est pas facile de divorcer d'une personne avec qui tu étais mariée et avec qui tu as tellement de souvenirs mais c'est à mon tour de t'aimer et de prendre soin de toi.

— Je n'ai pas envie de sortir, dit-elle en continuant de pleurer.

— OK ! On ne sort pas. On reste à la maison. Ça te va ? Mya acquiesça de la tête.

— Je veux être seule, s'il te plaît, dit-elle. Karl prit une profonde inspiration pour ne pas exploser.

— Tu en es sûre mon cœur ? Mya acquiesça encore de la tête. Il la porta au lit, tira le drap sur elle, sortit sur la pointe des pieds.

Au salon, Karl se servit la première bouteille de liqueur qui lui tomba sous la main. Il posa sur la table un verre à moitié vide. Il débita une quantité de jurons tandis que la femme de ménage l'épiait discrètement. Il vida le verre et s'en servit un autre. Il n'arrivait pas à réfléchir. Il avait l'impression que son cerveau refusait de fonctionner au moment même où il avait le plus besoin de lui.

Il composa le numéro de sa Betty. Elle répondit cette fois dès le premier bip. Il ne lui laissa même pas le temps de s'expliquer et lui donna l'information :

Je viens te chercher dans trente minutes. On a un dîner à l'hôtel Ivoire.

Quatrième partie
La croisée des chemins

Chapitre 13

1-

Samantha était de plus en plus heureuse. Sa relation avec Noam faisait du chemin. On eût dit un embryon qui croissait aux fils des semaines. Chaque nouveau jour les liait davantage. Elle ne supportait plus son absence. C'était l'horreur. Les heures n'étaient plus capables d'avancer sans lui. Le bonheur remplissait son cœur quand il était là. Elle savait qu'il ressentait la même chose. Des fois lorsqu'il l'enlaçait, elle pouvait entendre les confidences que son cœur lui confiait. Elles étaient mielleuses, flatteuses et belles.

La veille, ils avaient passé la nuit, accroché au téléphone comme des adolescents. C'était ce qu'ils étaient. Ils parlaient de tout et de rien sans se lasser, oubliant qu'une longue journée de travail les attendait au lever du jour.

Par ailleurs, les amies de Samantha commençaient à se plaindre. Elle n'avait plus le temps. Elle était toujours avec Noam, quelque part dans la ville ou des heures au téléphone. Impossible de la voir ni de l'entendre. Les filles n'étaient pas contentes et Samantha le fit savoir à Noam. Ce dernier prit la résolution de les convier à un dîner pour se faire pardonner de les priver de leur sœur, et leur demander officiellement la permission de la leur arracher. Le cœur a ses raisons que la raison ignore.

Samantha approuva l'idée de son prince charmant. Il invita personnellement les filles. Le rendez-vous, c'était pour aujourd'hui. Samantha avait pris sa journée pour préparer l'événement.

Elle ne travaillait plus assez depuis qu'elle roucoulait avec Noam.

Ce matin, elle était au supermarché avec sa femme de ménage pour faire les achats. Elle ne devait rien oublier. Noam la rejoindrait dans l'après-midi pour l'aider. Les filles avaient confirmé pour dix-neuf heures. C'était bon. Elle était dans les temps.

Dans le rayon charcuterie, la jeune femme croisa Betty. Elle crut d'abord halluciner. Betty, la sœur de Lilian, ça faisait un bail ! Les deux femmes s'embrassèrent tout excitées et visiblement heureuses de se revoir. Elles n'en revenaient pas. Elles se trouvaient toute belle et coquettes.

— Mon Dieu, que tu es belle ma chérie !

— Tu l'es tout aussi Betty !

C'était un bonheur à l'état pur. C'était de la joie tout simplement. En une fraction de seconde, elles s'enquirent des nouvelles.

— Tu es une bombe. Tous les hommes tombent à la renverse

en te voyant !

— N'exagère pas. Tu es beaucoup plus belle ma chérie. Elles éclatèrent de rire. Elles avaient oublié qu'elles étaient dans un lieu public. Elles firent les rayons ensemble sans se lâcher et se donnant toutes les nouvelles que la mémoire pouvait faire sortir.

Samantha insista pour régler la note de Betty et elles sortirent sur le parking du commerce. Elle actionna la clé de sa voiture et demanda à sa fille de ménage de ranger les paquets tandis que son amie la conduisait vers une surprise qu'elle avait pour elle.

La jeune femme s'écria si fort qu'on eût dit qu'elle avait vu un fantôme. Comme elle était contente.

— Xavier. Mon grand frère ! s'écria-t-elle en sautant à son cou.

— Tu es devenue une sacrée belle femme, dit-il en lui faisant la bise. Il était aussi heureux de la voir après toutes ces années.

— Elle est restée toujours belle la femme de mon petit frère, fit Betty, les bras croisés en avant, avec un réel sourire.

Samantha se mordit la lèvre.

— Il avait le compas dans l'œil Lilian, renchérit Xavier avec un sourire.

— Que son âme repose en paix, dit Betty qui ouvrit ses bras à Samantha. Les deux jeunes femmes s'enlacèrent affectueusement. Elles se réconfortèrent simultanément. Lilian sera toujours vivant dans leur cœur. Elles l'avaient aimé et elles l'aimaient toujours mais la vie devait continuer, sans lui, malheureusement. Nul ne peut rien contre les lois divines. Elles échangèrent les contacts, pleines de promesses de se revoir dans les prochains jours et se séparèrent.

La journée ne pouvait mieux débuter. Revoir Betty faisait beaucoup de bien. Samantha avait l'impression que sa présence n'était pas fortuite. Elle était comme une bénédiction de Lilian. Il validait sa relation avec Noam.

En plus, Xavier était sorti de prison. Pourtant, plus personne n'espérait sa sortie à part Betty. C'est fou comme l'amour peut fortifier, bien des fois. Betty. Une dure à cuire. Elle était la seule à clamer l'innocence de son Xavier et à espérer en sa libération. Et finalement, elle avait eu raison. Elle était de nouveau réunie avec son Xavier. Ils s'étaient retrouvés à nouveau. Samantha eut en mémoire tellement de souvenirs lorsqu'elle partait chez Lilian et que Betty et Xavier s'amourachaient à la terrasse et la chahutaient sur sa relation naissante avec Lilian. Elle en gardait de bons souvenirs.

2-

Noam vint trouver sa dulcinée comme promis. Elle habitait dans le riche quartier de Zone 4 à Bietry. Sa résidence était un véritable havre de paix. En franchissant la porte d'entrée, l'homme se sentit comme ressourcé et dépouillé du stress de cette longue journée meublée des appels téléphoniques de Mr Touré et de Mya.

Là, Samantha l'accueillait dans un cadre élégant et confortable. La beauté du design et de la décoration le plongeait tout entier dans un bien-être inouï. Il était heureux d'être là. Samantha et lui s'embrassèrent sous le regard rêveur de la femme de ménage. Comme c'est beau l'amour, semblaient formuler son sourire et les traits de son visage.

Elle se troubla quand Noam la rejoignit pour déposer le carton de vin apporté pour le dîner. Avec son œil d'architecte, il contempla une fois encore la cuisine et la salle à manger. Elles étaient belles, spacieuses, baignées de lumière.

Samantha installa son amoureux au salon. C'était une pièce agréable et conviviale. Elle lui servit un apéritif et lui proposa de se détendre devant la télé pendant qu'elle prenait son bain.

Les différents plats étant tous prêts, il ne lui restait plus qu'à attendre les invités.

Noam mit une chaîne d'information générale, tout en sirotant l'apéritif qu'elle lui avait servi. Il était heureux d'être là et de savoir que cela faisait plaisir à Samantha, cette femme magnifique qui lui plaisait un peu plus chaque jour. Elle alimentait ses rêves d'amour et de renaissance. Son image désormais planait dans son cœur comme une mélodie fiévreuse. Le bip de sa messagerie le sortit de son voyage planétaire.

— Mon cœur, tu te souviens du jour où j'ai fermé la douche à clé pour ne pas que tu y entres ?

Noam eut un sourire en coin. Qu'est-ce qu'elle était en train de lui préparer Samantha ? Il sentit son cœur battre si vite qu'il trembla en répondant à son texto. Bien sûr qu'il s'en souvenait.

Même mort, il n'oublierait pas.

— Et si on rejouait la scène ? Peut-être que la porte serait plus clémente cette fois, sait-on jamais…

Noam prit une inspiration. Il sentit une bosse se former dans son pantalon. Il se servit nerveusement un autre verre et le vida d'un trait. Elle avait réussi à perturber toutes ses idées. La bosse prenait forme, se durcissait.

Noam se leva pour rejoindre Samantha. Un escalier intérieur en bois design menait là-haut vers sa chambre. La suite était claire, spacieuse et offrait une belle vue sur la ville. La décoration et l'ameublement baignaient dans un confort luxueux.

Samantha prenait son bain. La douche n'était pas fermée. La salle de bain était grande, luxueuse et chaleureuse.

Noam sentit son cœur battre tandis qu'elle l'invitait à la rejoindre avec un sourire.

Samantha était le plus beau portrait de femme que l'esprit pouvait imaginer et peindre. Elle plaisait par sa forme, ses courbes et son charme. Noam était un homme séduit dont les yeux ne lâchaient pas la plus rare des perles. Quand elle se laissa enlacer par ses mains tremblantes et répondit à son baiser, le doux parfum de leurs corps fiévreux éveilla la passion qui les dévorait douloureusement. Ils s'embrassèrent avec fougue, parcourus par de violents frissons. Ils ne pouvaient plus attendre d'être unis. C'était leur heure ! Elle se saisit de son membre dur, tendu et le guida délicatement en elle en poussant, comme lui, des râles de plaisir.

3-

Quand les tourtereaux descendirent au salon, tous les invités y étaient depuis un moment. Les filles qui étaient venues toutes avec leur petit ami s'étaient chargées de faire le service. C'était une super ambiance qu'ils découvrirent en bas. Ils pouvaient lire dans tous les regards et sur toutes les lèvres qu'ils venaient de faire l'amour. Samantha n'en était qu'heureuse et épanouie. Elle était agrippée aux bras de Noam qu'elle continuait de dévorer du regard. S'il n'avait pas insisté, elle ne se serait pas résolue à descendre du septième ciel pour accueillir ses amies. Elle voulait y rester pour toujours. C'était si bon et si inespéré depuis tout le temps qu'elle attendait. Mais ça valait la chandelle. Tout son corps en vibrait encore.

— Enfin, les tourtereaux sont là, entama Maëline à son habitude, coquine et taquine.

— Bienvenus sur terre, mes amours, renchérit Elyna.

— Merci les filles, dit Samantha en installant Noam et saluant ses hôtes.

— Tu es radieuse comme une femme qui vient d'appeler tous les dieux en s'agrippant aux draps, confia Noélie. Tout le monde éclata de rire. Et les entrées furent proposées pour entamer le dîner. L'on mangea et but à satiété. L'on échangea dans une belle ambiance en essayant de mieux se connaître afin d'affiner les pas, concilier les divergences, se faire une idée, se défaire d'un préjugé... L'on essayait de s'apprivoiser, de se donner une nouvelle chance, de croire en un idéal commun. Bref, de part et d'autre, l'on essayait de survivre à l'aspiration intarissable du temps et de sa course folle. Chacun y allant, avec ce dont il disposait.

Chapitre 14

1-

Tous les visages étaient fermés. La salle de réunion tremblait. Pas une mouche, une seule ne volait. Tous attendaient la prise de parole de son excellence. Un appel alarmiste, pressant, avait contraint tout ce monde à être là, immédiatement. C'était un cercle fermé de sept hommes, propriétaires de résidences de luxe, d'immeubles, de grosses cylindrées, portant des costumes et des souliers haut de gamme, coûteux. Tout le pays les enviait car ils étaient très puissants. Ils pouvaient même décider du temps et ce n'était point des paroles fortuites.

Pourtant, ce matin, ils tremblaient tous devant son excellence. Il ne s'affichait jamais. Ne se déplaçait jamais. Les yeux ne le voyaient jamais. Mais ce matin, il était là. Et depuis une heure, il débitait un flot de menaces. Il en avait vraiment après tout le monde. Le feu de ses insultes avait consumé tous ses collaborateurs qui n'osaient affronter son regard. La tête baissée, ils l'écoutaient en mesurant la gravité de la situation.

La colère de l'homme n'en démordait pas pour autant. Il ne

comprenait toujours pas s'être entouré de personnes incompétentes, incapables d'avoir la simple signature d'un architecte. Qu'y avait-il de compliqué à faire plier un architecte cocu et divorcé ? Qu'y avait-il de si compliqué à faire plier un homme lié par son chagrin ?

Il frappa violemment du poing sur la table. Toute la salle s'effraya. L'homme se leva et commença à faire le tour des sièges, les bras croisés dans le dos. Il criait les noms, questionnait, insultait sans s'essouffler. Les yeux de l'homme dégageaient des éclairs. Ses propos foudroyaient tout comme un tonnerre incontrôlable.

« Ces investisseurs ont déjà fait leur choix. Ils ne veulent travailler qu'avec le cabinet Noam'Art. Ce fils de pute doit entrer dans le contexte et signer, à tout prix. L'entreprise de sa salope de femme doit nous revenir. J'ai moi aussi des comptes à rendre. Je crois que ce n'est pas nécessaire de vous rappeler que je n'échoue jamais. Simple rappel, vos jours messieurs sont comptés. » Et la séance fut levée sitôt qu'il avait abandonné ses collaborateurs. Il avait besoin de résultats dans de brefs délais. Et ça, tout le monde l'avait cerné. À partir de cet instant, chacun avait la claire vision de la mission qui l'attendait.

Touré n'avait jamais été aussi humilié de toute sa vie. Ce merdeux de Karl s'était moqué de lui. Il lui avait fait croire s'être rendu au dîner aux chandelles en compagnie de Mya… Il étouffa des jurons à son encontre. Quel idiot il avait été ! L'homme remua la tête car il n'en revenait toujours pas. La colère lui sortait par les tous les pores de la peau mais ce morveux ne perdait rien pour attendre. Il allait lui apprendre à se payer sa tête.

Touré se leva de son siège. La salle s'était vidée de son monde. Il ne s'en était même pas rendu compte. Mais ce salaud aurait de ses nouvelles. À cause de lui, son excellence en avait personnellement après lui. Il n'osait envisager de perdre tous les privilèges alors qu'il avait bossé dur auprès de ce grand homme. Il n'en était pas question. Comment réussirait-il à vivre avec le strict minimum ? Ce serait le monde à l'envers. Le salaire, ça ne rendait pas riche. Aucunement ! Ça ne pouvait point acheter tout ce dont il disposait. Touré préférait mourir plutôt que de perdre les bonnes grâces de son maître.

L'homme s'assit à nouveau. Il allait se racheter. Karl serait marié à Mya et Noam céderait les deux tiers des gains de ce projet colossal à leur organisation. Le pays avait toujours fonctionné ainsi. Il n'allait pas venir changer les règles du jeu. Tout le monde entrait dans le contexte et cela n'était pas sur le point de changer. L'homme fixa le siège où était assis leur mentor, d'où il avait essuyé toutes les insultes inimaginables qui puissent exister.

Il ricana en songeant à sa revanche. Elle serait belle, excitante, comme une femme envoûtante conquise qu'on pénétrait enfin. Quand il aurait fait la peau à cet enfoiré, il n'aurait même pas la force de pleurer. Une fois encore, il murmura des jurons, une quantité importante. Il les murmura les yeux fermés comme une prière silencieuse. Alors seulement, il se leva. Il s'était calmé. Il n'était plus nerveux. La rage avait laissé place à l'exaltation de la victoire très prochaine. Les consignes de son excellence étaient claires. Rien que des résultats. Il allait les obtenir et les lui offrir sur un plateau d'or.

2-

Betty se dépêcha d'aller ouvrir. Elle songea heureuse à Karl et ses surprises. Il lui avait dit au téléphone qu'il serait là d'une minute à l'autre. Elle frémit en pensant à la nuit folle qu'il lui avait promise à l'instant. La jeune femme ouvrit avec un beau sourire qui se dissipa au fil des secondes. En face d'elle, quatre hommes en costume noir, des hercules en Rey ban, grands comme des dieux, la tête rasée et brillante comme une calvitie à son apogée. Troublée et effrayée, la jeune femme voulut refermer mais il était trop tard. L'un des hommes bloqua la porte, tandis qu'un autre la projetait à l'intérieur avec une droite à la Mohamed Ali. Il entra et les deux autres le suivirent tandis que celui qui lui tenait le poignet refermait derrière lui.

Et Betty connut l'enfer. Les quatre hommes lui lancèrent un regard noir, un de ces regards cruels et glaçants qu'elle n'oublierait jamais. L'un des hommes l'avait plaquée au mur et la dénudait. Elle voulut crier l'horreur mais rien ne sortit sinon des sanglots. Elle allait mourir et la dernière chose qu'elle allait voir de ses propres yeux en quittant ce monde c'était des monstres violeurs. Quelle fin tragique et brutale ! Elle les supplia de ne pas lui faire de mal. Elle promettait de leur donner ce qu'ils voulaient, tout ce qu'ils voulaient. Elle allait s'offrir à eux mais elle les suppliait de ne pas la brutaliser. En plus, elle avait de l'argent pour eux. Un peu plus de vingt millions, là-bas dans l'armoire de sa chambre. Elle pleurait, suppliait, tremblait. Les quatre hommes échangèrent un regard et son bourreau, qui la tenait, la lâcha de son étreinte. L'un alla vérifier les dires de la jeune femme. L'argent était bel et bien là, rangé dans une enveloppe. Il s'en saisit et le montra à ses collègues.

146

— Le Boss nous tuerait si on ne menait pas la mission jusqu'au bout, intervint l'un d'entre eux. Tous acquiescèrent de la tête. Il avait raison.

— On aurait trouvé cet argent tout compte fait. Elle essaie de nous embobiner, répliqua un autre dont les mains erraient sur sa braguette. Comme dans un cauchemar sans fin, il dégagea son complice qui avait emprisonné Betty au sol et qui hésitait désormais et s'affala sur elle en la rouant de coups et en la pénétrant violemment. Betty en eut le souffle coupé. Elle poussa un cri déchirant qui fendit le cœur de son premier bourreau. Il alla s'asseoir sur le canapé, mit ses écouteurs et emplit ses oreilles de sons pour ne pas entendre les pleurs et les supplications de Betty qui fendaient les cœurs les plus arides. Par ailleurs, l'homme fut le seul à la violer. Les autres s'étaient désistés et attendaient que leur complice en finisse avec la jeune femme. Quand ce dernier eût fini, se sentant trahi, il fixa ses collègues méchamment, et se mit à battre la jeune femme. Il la shoota comme une balle, une première fois, puis une deuxième fois, une troisième fois en criant des choses inintelligibles.

La situation devenait intenable.

La colère des autres montait au fil des coups violents qu'il donnait à cet être sans défense dont on n'entendait plus la voix. La guerre des nerfs atteint son paroxysme quand l'un des trois sortit son arme et la pointa sur le violeur enragé.

— Tu vas me tirer dessus pour une salope et vingt millions ? demanda-t-il en donnant un autre coup de pied dans le bas ventre de Betty. Pliée en deux, elle était inerte, le corps présentait d'innombrables bleus.

— Si tu la touches encore, tu es un homme mort, reprit l'autre en s'assurant que son arme était bien chargée.

— Arrêtez tous les deux. Max, mission accomplie. Kass, baisse ton arme. J'appelle le boss, intervint l'autre colosse qui avait fermé la porte en dernier. Il avait parlé d'un ton qui se voulait autoritaire. Il fixa les deux d'un regard d'où se dégageait une colère noire. Tous les deux lui obéirent. Le quatrième vint prendre le pouls de Betty. Elle respirait encore mais peut-être pas pour très longtemps si on ne la conduisait pas d'urgence à l'hôpital.

— Elle s'est évanouie, annonça-t-il.

Au même instant, l'on sonna à la porte. Max alla ouvrir en fusillant Kass du regard. Il avait une dent contre lui et il tenait à ce qu'il le sache clairement.

Karl s'effondra à la vue de Betty, étendue sur le sol. Il poussa un cri de terreur en se jetant sur Max. Mais il fut très rapidement maîtrisé par celui-ci. C'était un suicide que cette entreprise infructueuse. L'homme le tint en respect au sol avec une prise à la Bruce Lee.

— Ça n'a rien de personnel, cher ami. Pendant que tu es payé à t'envoyer en l'air avec une miss, nous sommes chargés, nous, d'assurer tes arrières en faisant la sale besogne au péril de nos vies. Alors, calme-toi. Le Boss arrive.

C'était une mise en garde vraie et une analyse de la situation assez correcte. Il ordonna à Karl de se calmer avant de le lâcher. Ce dernier courut au chevet de sa dulcinée. Il l'aspergea d'eau et elle revint à elle. Elle était méconnaissable. Max lui avait refait le portrait. Les bleus couvraient son corps comme un tatouage de Michael Scofield. Karl la prit dans ses bras et pleura comme il ne s'en était jamais senti capable.

Le Boss entra au même instant. Il inspecta la scène avec une satisfaction inouïe.

— Ce n'est juste qu'une mise en garde professionnelle. Une sorte de mise à pied sans conséquence immédiate sur la rupture du contrat de travail. Ce n'est pas méchant ! Juste qu'on n'apprend pas à faire des grimaces au vieux singe. Emmène ta dulcinée en clinique et apporte-moi la note des frais à 21 h à mon hôtel. J'y serai à un gala de bienfaisance où je compte faire un don. Ne sois pas en retard sinon Betty risque de ne plus respirer.

Le claquement de la porte de l'appartement retentit derrière lui. De même qu'une sirène d'ambulance. Le Boss avait pris la peine d'appeler les secours et ils étaient là. Karl ravala sa colère. Quand tout cela sera fini, il ferait la peau au Boss et à sa bande. Il se le jura en tenant les mains de Betty dans l'ambulance qui bouffait déjà des kilomètres pour la clinique.

Chapitre 15

1-

Le lever du jour était beau. Le ciel n'avait jamais paru si bleu et souriant. Oui, le jour était tout simplement succulent comme un aliment préféré. Je n'avais pas aussi bien dormi depuis si longtemps !

La veille, ce fut, avec une déesse, dans un univers sucré, le plus merveilleux des voyages. Par ailleurs, je paressais encore à sortir du lit et m'apprêter pour le boulot.

Mon être entier était délicieusement détendu et respirait la forme de sa vie. Mon esprit, quant à lui, vagabondait dans les dentelles de Samantha, les traversait, effleurait sa peau et s'abreuvait à satiété à sa source.

En ce matin d'octobre, je me sentais telle une star au sommet de la gloire.

Je flirtais avec le bonheur. La veille, je l'avais eue en entrée, en plat de résistance et en dessert. Je l'avais dégustée sous toutes ses formes. Il était plaisant à manger. Mes papilles en gardaient encore toutes les saveurs.

Je pris mon téléphone, posé au chevet du lit, pour le consulter. C'était un réflexe inné désormais de le manipuler, de le tenir, de le tripoter… Les vies semblaient en dépendre, un peu comme l'air, l'eau et la nourriture. Encore qu'il gardait, enfouis dans ses entrailles des secrets jamais confessés, autrefois confiés au cœur, au confident ou au journal intime. Il assurait désormais avec brio, ces rôles et même bien plus.

Je déverrouillai le mien, avec mon empreinte digitale, déballai la liste des notifications. J'avais une dizaine de messages et deux appels en absence. Je rappelai immédiatement Samantha. Comme moi, elle paraissait encore au lit. Dieu ! Qu'elle était heureuse de m'entendre ! Elle me parlait d'une voix où la joie s'était agrippée et cela produisait une sensation agréable, comme une caresse. Elle m'apprit d'ailleurs qu'elle ne travaillait pas de toute la journée. Elle ne voulait rien à part penser à moi et à notre première fois. Ça faisait du bien de lui procurer tant de bien-être. C'est fou comme le bonheur pouvait résulter de si peu de chose.

Un frisson me traversa en revoyant la jeune femme trembler de tout son être sous le feu de nos caresses et la fougue de nos ébats. Je la voyais, si belle, si nue, si fragile, si vulnérable, si dévouée… Son regard était une déclaration de sa flamme, des poèmes formulés par son cœur pour me chanter son amour. Je l'entendais pleurer de joie, m'enlaçant de toutes ses forces comme si j'eus été un rêve auquel elle s'accrochait de peur de se réveiller, un arbre suspendu, duquel sa vie dépendait…

Et j'avais envie de l'aimer, l'aimer sans réserve, sans craindre l'avenir. J'avais envie de me donner, me donner tout entier, l'aimer au présent, sans craindre la souffrance. J'avais envie de tenir à elle, lâcher toutes mes résistances, ces murs invisibles dressés pour me protéger afin de profiter au mieux de chaque lever du jour en sa compagnie. J'avais envie de courir le risque de l'aimer sans peur, sans me poser de questions. J'avais envie de lui donner mon cœur, me laisser aller, me convaincre que j'arriverais sûrement à bon port, comme un navire à la mer ou un avion dans les airs. Qui sait vraiment qui nous conduit ? J'avais envie d'y croire et tant pis si ça ne marchait pas encore, j'aurais au moins essayé. Je me serai donné une chance de vivre détaché des préjugés et des frustrations.

Ce matin, j'avais tellement de choses à lui confier. J'avais envie de lui dire qu'elle m'avait désarmé au fil des jours. Que son charme avait opéré et que j'étais séduit.

En effet, je voyais en elle la femme parfaite dont le regard constitue une lueur, celle-là même qui donne envie de croire en l'amour. Avec elle, je réapprenais à vivre, à rire, à aimer.

Elle me montrait qu'elle m'aimait tout simplement et ce désintérêt pour tout le reste me fascinait.

J'avoue que je pensais encore à Précieuse. C'était un souvenir désormais lointain, cher mais apaisé et moins douloureux, apprivoisé. Je pensais à elle, comme à un être inoubliable, cher, parti pour un voyage éternel. Un être cher qu'on aimerait toujours mais qu'on ne reverrait plus. Le cœur s'était donc fait une raison qui soulageait la peine, la rendait douceureuse, moins douloureuse. Et les pensées se distançaient. Les souvenirs se faisaient rares et lorsqu'ils réapparaissaient la mémoire faisait un tri pour les rendre moins pénibles sinon les écourter tout simplement.

Mon cœur prenait plaisir à avoir l'amour de Samantha. Au téléphone depuis une heure, je l'écoutais me parler et je me régalais à écouter sa voix, ses moindres mots et son rire aussi doux qu'une crème onctueuse. Encore que ce matin, son corps, que j'avais bu la veille, caressait encore mes yeux et répandait en mon cœur vibrant une douce lumière, le baignant dans une clarté apaisante.

Je sentais par son rythme irrégulier qu'il avait envie de la garder jalousement au plus profond de lui, loin d'autres amants qui viendraient roder autour comme des vautours pour la lui arracher, la lui enlever et l'emporter. Il avait envie de ne penser à rien d'autre qu'à elle seule.

2-

J'arrivai au boulot juste à temps pour la séance de travail avec mes associés. Mon assistante avait dû patienter deux heures au téléphone pour m'avoir car j'étais en ligne avec Samantha. J'étais certain qu'elle ne m'aurait pas gratifié de ce magnifique sourire si elle avait su.

Elle avait installé aimablement tous mes associés, servi le café à ceux qui en voulaient et les faisait patienter devant la projection de la maquette finale du projet de construction de building futuriste pour les investisseurs étrangers.

Contre toute attente, j'eus droit à des acclamations en entrant dans la pièce. Il s'en est fallu de peu que je ne rebrousse chemin. N'avais-je pas oublié mon anniversaire ou un autre événement censé être important ? Je n'en savais trop rien. Échange de sourires et de poignées de mains conviviaux et nous nous assîmes. J'avais convié à cette rencontre mes directeurs techniques et marketing afin d'éclairer la lanterne de tout ce beau monde qui soutenait financièrement Noam'Art.

Après les interventions des deux directeurs, le porte-parole des associés nous gratifia de ses encouragements.

— C'est une fierté pour nous de faire partie de cette merveilleuse aventure. Nous ne regrettons point de vous avoir fait confiance. D'ailleurs, les retombées sur nos comptes bancaires peuvent le témoigner, conclut-il avec le sourire. Toute la salle éclata de rire. Un rire heureux, peint sur tous les visages, suivi d'applaudissements nourris.

À sa suite, en mon nom personnel et celui du cabinet, je réitérai ma reconnaissance à leur endroit. C'était des amis pour quelques-uns, des clients pour certains et de véritables hommes d'affaires pour d'autres. Mais on formait désormais une famille. Ensemble, nous avions monté une entreprise compétitive que la renommée précédait actuellement. Cela dit, j'entrai dans le vif du sujet en ce qui concernait le projet qui nous réunissait en ce jour. Je leur soulignai que les points techniques et financiers étaient bouclés dans leur entièreté.

— Il n'y a aucune raison que nous n'ayons pas le marché, terminai-je mon intervention. Il y eut des visages ravis et un tonnerre d'applaudissements.
— Parfait, entama Monsieur Diaby, le porte-parole des associés, mais nous avons entendu dire que…
— Ce ne sont que des rumeurs, coupai-je immédiatement. Je sentis un apaisement gagner tout le monde.

— Dieu soit loué ! Intervint Monsieur Koffi, le doyen des associés.

— Je ne céderai jamais à un quelconque chantage et vous le savez bien. Il se raconte des choses, je reçois des appels et des menaces de certaines personnes qui disent diriger ce pays mais soyez rassurés, Noam'Art ne rentrera dans aucune malversation.

— Pourquoi ne pas informer le ministre de tutelle ? Suggéra une voix.

— Moi, je dirai plutôt le président de la République, lui-même ! reprit une autre voix.

Les spéculations allèrent bon train. Chacun donnait son avis, faisait une suggestion, écoutait, s'époumonait…

— J'ai reçu un certain Touré. Deux tiers du budget pour nous octroyer le marché, dis-je.

— Il est fou, lâcha un associé.

— Rien que des corrompus.

— On ne se laissera pas faire

— Notre offre ne change pas. On ne vendra jamais notre âme au diable quitte à ne pas avoir ce marché. Soyez rassuré. On conquerra le monde avec cette maquette même si on n'a pas ce marché. Soyez serein. Tout va bien, conclus-je.

Les associés applaudirent de nouveau et la séance fut levée. Je ne leur dis pas que le ministre de tutelle m'avait appelé pour me conseiller de rentrer dans le rang. Je ne leur dis pas que je ne souffrais plus du départ de Précieuse. Je ne leur dis pas que là, je partais déjeuner avec la nouvelle perle de mon cœur. Comme quoi, il fallait que certaines portes se ferment pour réaliser leur étroitesse et accéder sans effort à d'autres, plus grandes, sculptées en pièces uniques, des mains du plus talentueux des sculpteurs.

Chapitre 16

1-

Mya n'avait vraiment pas la tête à travailler aujourd'hui mais elle avait un rendez-vous très important chiffré à plusieurs centaines de millions. Le groupe YN Corporation ne désirait travailler qu'avec elle depuis que Noam'Art, le cabinet d'architecture de Noam lui avait bâti de sublimes buildings dans les grandes capitales d'Afrique.

Le rendez-vous du jour était dans le fond une formalité administrative visant à renouveler le contrat de collaboration.

C'était une assurance vie ce marché car il permettait à Mya de vivre le restant de ses jours dans une stabilité financière.

Le rendez-vous étant pour 10 h, elle se rendit rapidement au bureau récupérer quelques dossiers et se faire accompagner par son assistante et son directeur marketing. C'était le grand jour. Une nouvelle consécration après des années de durs labeurs et de bons et loyaux services.

Ils étaient fins prêts pour le rendez-vous, tirés tous les trois à quatre épingles quand Mya reçut cet appel.

Le sol se déroba sous ses pieds. Elle retomba sur son fauteuil. Elle ferma les yeux pour empêcher ses larmes de couler. Intrigués par son attitude, ses deux employés ne savaient que faire.

— Est-ce que ça va, madame ? s'enquit son assistante. Mya aurait aimé lui crier que tout allait bien et qu'elle était en train de danser mais elle se mura dans un silence cadavérique.

— Est-ce que ça va, madame ? reprit son directeur marketing pendant que son assistante lui servait un verre d'eau.

— Il a décidé de se venger. Il me coupe les vivres, annonça-t-elle dans un gémissement. Ses employés n'y comprirent rien. Ils se dévisagèrent avec un air d'idiots.

— Calmez-vous, madame, ça va s'arranger, dit son assistante en contournant son bureau pour lui donner le verre d'eau. Mya but à grandes gorgées comme pour soulager le mal qui la rongeait de l'intérieur. Elle reprit son souffle et fixa ses employés dans les yeux.

— YN Corporation ne veut plus de nos services. Il a suffi d'un appel de Noam pour que ces fils de putes se rétractent, hurla-t-elle en fermant les poings.

— Ce n'est pas croyable, articula le Directeur marketing en s'affaissant de tout son poids dans son fauteuil. Non. YN Corporation ne pouvait pas tout annuler. Sa vie en dépendait. La maison de ses rêves, sa nouvelle voiture, son mariage, sa nouvelle vie. Six mois qu'il travaillait comme un fou sur le projet, de nuit comme de jour. Non. Il explosa en larmes.

L'assistante elle, refusait de céder à la panique. Il n'était pas question que YN Corporation se rétracte. Mya n'avait pas bien entendu. Elle allait les rappeler. Sa vie dépendait de ce contrat du siècle. Elle avait jeûné durant des mois pour son aboutissement. Elle avait bossé comme jamais pour satisfaire au mieux les moindres exigences de ce gros client. Non, les choses ne pouvaient pas leur échapper si près du but. Elle s'affaissa à son tour. Et ce fut un silence radio dans l'immense bureau de Mya, situé au 27e étage de cette tour impressionnante.

De là-haut, elle voyait tout s'écrouler comme le World Trade Center. Quelle apocalypse ce serait ! Mya ferma les yeux et tous les trois transformèrent le bureau est une morgue ou l'on faisait une levée du corps. Puis, Mya se leva. Elle ne devait pas pleurer, capituler dès la première riposte de Noam. Non ! Elle devait garder la tête haute, et se battre pour atteindre tous les nouveaux objectifs qu'elle s'était fixés. Elle devait le reconquérir en commençant par chasser Karl de sa vie. C'était une chose plus importante qu'un quelconque marché qu'elle perdait.

La jeune femme se leva pour rassurer ses employés. C'est alors qu'elle fut prise de vertige et s'écroula sur le sol. Ils arrêtèrent de pleurer en se fixant. Quelque chose d'affreux était arrivée à la patronne. L'assistante appela immédiatement les secours d'une voix à peine audible à l'autre bout du fil.

2-

Mya se réveilla à la polyclinique, sa mère à son chevet. Ses employés avaient dû partir sur insistance de celle-ci. Elle lui tenait les mains et les caressait tendrement. Dans son regard, on pouvait lire tout l'amour qu'elle portait à cette enfant, son aînée. Elle lui sourit et lui expliqua qu'elle s'était sentie mal et avait perdu connaissance. Mya se souvint de ses angoisses. Noam ne répondait pas à ses appels ni texto. Elle redoutait de se rendre sans rendez-vous à son service car elle ne passerait même pas la première barrière de sécurité à moins d'usurper une autre identité. Tout l'immeuble la connaissait et les consignes devaient être strictes à son encontre. Elle ignorait sa nouvelle adresse et cela la mettait dans un état impossible. En plus, elle désirait se séparer de Karl mais ils n'en avaient pas encore parlé, faute de temps. Ils vivaient dans la même maison mais ils se voyaient rarement. On aurait dit que tous les deux s'évitaient. En plus, YN Corporation qui s'y mêlait comme si elle n'en avait pas déjà assez à supporter.

Sa mère l'écoutai sans l'interrompre. Elle la rassurait plutôt.

— Calme-toi mon cœur. Tout finira par rentrer dans l'ordre, dit-elle en lui caressant les cheveux. Elle avait certes trente ans mais elle demeurait sa petite fille. Celle dont la venue au monde, l'avait rendue si heureuse, si femme et si fière. Il est des enfants auxquels on reste plus attaché qu'aux autres. Ils sont tous des diamants mais il y en a un qui illumine plus que les autres. Rien ne pouvait expliquer cela. Il n'était pas forcément le plus beau, le plus intelligent, le plus aimable… Mais on lui vouait un attachement profond, qui froissait souvent ses frères et sœurs. Mais voilà, c'était la vie et ses mystères. L'amour et ses caprices.

Mya se sentait beaucoup mieux. La seule présence de sa mère avait suffi. Le médecin entra. C'était une belle jeune femme, grande, élancée aux yeux de biche et à la bouche sensuelle.

— Ma cocotte, tu dois te ménager un peu vu ton état, dit-elle avec un sourire qui dévoila de belles dents blanches.

— Oui, je sais. Je travaille trop mais j'en ai besoin pour faire passer cette angoisse, se défendit Mya.

— Ma chérie, tu n'es plus toute seule. Le bout qui grandit en toi a besoin de tranquillité pour se développer, reprit le médecin. Mya plaqua la main sur la bouche. Un bonheur avait rempli le visage de sa mère.

— Je suis en-cein-te ? demanda-t-elle, sentant monter les larmes

— Tu ne le savais pas ? Seize semaines ma puce, annonça le médecin, heureuse du bonheur des deux femmes qui avaient fondu en larmes. C'était une scène d'une rare émotion. Le médecin prescrivit une ordonnance et conseilla à Mya de faire en même temps sa première consultation prénatale.

Cinquième partie

Le point de non-retour

Chapitre 17

Je me préparais pour le boulot quand j'eus l'appel de Damien, le second actionnaire majoritaire du cabinet. Fondateur d'une grande école de référence, membre influent du parti au pouvoir, l'homme était depuis peu, conseiller du ministre de la construction. Je sentais une telle anxiété dans le timbre de sa voix que je lui conseillai de passer directement à la maison.

Samantha avait passé la nuit avec moi à mon appartement et elle préparait le petit déjeuner. Je n'allais pas la froisser sans le déguster et courir au bureau.

Damien sonna après trente minutes. Après l'avoir installé, nous échangeâmes.

— Les bruits qui courent ne sont pas bons. Je ne sais pas ce que je risque en te briffant mais tu dois céder les deux tiers du montant à qui de droit, entama-t-il en présentant des airs de nervosité. On eût dit qu'il trahissait les siens. C'était en tout cas l'impression que tout son être donnait.

— Tu sais très bien que c'est impossible. C'est inadmissible. Autrement dit, une autre structure peut être choisie pour mener à bien le projet, dis-je.

— C'est là que le bât blesse. Le ministre a sa structure aussi. Mais les investisseurs n'en veulent pas. Et le Président, selon des sources sûres, ne veut pas un autre scandale au sommet de l'état.

— Dans ce cas, où est le problème ? Les investisseurs nous ont déjà choisis si je me réfère à tes propos et aux menaces de Touré et du Ministre à mon encontre. De quoi as-tu peur donc ?

— J'ai peur qu'il ne t'arrive quelque chose. Tu sais qu'il y a assez d'armes qui circulent avec les différentes crises qu'a connues le pays.

— Je ne risque rien. Je n'ai jamais fait de politique ni appartenu à un quelconque parti politique. Je n'ai pas le temps pour ces chimères, ces vendeurs d'illusions. Moi, je réalise des maisons de rêve, qui prennent forment, que l'on habite pour de vrai dans le monde entier. Je ne suis pas l'un d'eux. Je ne risque rien.

— Noam, il s'agit là de sommes colossales. Il y a trop d'intérêts en jeu. On pourrait se contenter du tiers et faire un bon travail et s'en tirer avec un bénéfice non négligeable.

— Je ne ferai jamais cela. Je ne braderai jamais mon entreprise ni mes convictions.

Il s'agit de notre entreprise à tous. Je crois qu'une réunion s'impose pour avoir les récents avis de tous.

— Ah bon ?!

— Oui, Noam. Ce pays est devenu dangereux et très sincèrement, j'ai peur. Je n'ai pas envie d'avoir qui que ce soit sur le dos. Je ne veux être dans aucun viseur. Ma femme et mes enfants comptent encore sur moi.

— Tu ne me cacherais pas quelque chose ?

— J'essaie juste de t'ouvrir les yeux. Le ministre ne compte pas céder le marché sans rien avoir.

Je l'ai appris d'un de ses plus proches conseillers. Je te donne l'information comme je l'ai reçue. C'est un homme important. Il a son mot à dire au sein de son parti. Ne l'oublie pas.

— C'est bien noté. Je convoque une réunion. Mais je ne céderai pas un centime à ces corrompus.

— Merci d'y songer. Je crois que les derniers événements devraient t'amener à te conformer à une certaine règle de nos sociétés actuelles.

— Les derniers événements ?

— Je te sais assez intelligent Noam. Essaie d'ouvrir un peu les yeux. Le monde n'est plus rose.

Sur ce, j'appelai mes associés et nous convînmes d'un rendez-vous dans une semaine certains étant en voyage hors du pays pour leurs affaires personnelles. Je promis aussi à Damien de réfléchir à tous ses propos. J'essayai du mieux que je pus de le rassurer. Nous prîmes d'ailleurs le petit déjeuner avec Samantha et il prit congé de nous.

Je n'avais même plus la tête à travailler. À quoi faisait-il allusion en parlant des derniers événements ? En trois mois, j'avais découvert l'infidélité de Précieuse, je l'avais surprise en train de coucher avec son amant sous notre toit, j'avais rencontré Samantha, j'avais divorcé et je refaisais ma vie. Côté professionnel, le cabinet fonctionnait très bien et nous étions sur le point de décrocher le marché du siècle sur lequel nous travaillions depuis une année et demie. Les vautours du pouvoir tentaient de se faire inviter à la fête comme c'est courant sous nos tropiques mais j'avais ma façon de fonctionner. Donc cela ne m'ébranlait point. Pourtant, ces propos continuaient de résonner dans mon esprit. Qu'est-ce que Damien ne me disait pas ? Il devait savoir des choses qu'il ne disait pas.

— Mon cœur, il y a un souci ? demanda Samantha qui vint me trouver en chambre en train de me déchausser.

- Après la visite de Damien, j'ai plus la tête à travailler.

Samantha m'aida à me déchausser avec une telle tendresse que je lus dans ses yeux l'amour qu'elle me portait.

— Tu peux tout me dire, tu sais ?

Elle s'assit à mes côtés et posa la tête sur mon épaule. C'était si agréable de sentir son corps, son parfum, de caresser ses cheveux. Je lui confiai tout : depuis Précieuse, mon travail, le fameux projet, sa rencontre et les pressions des vautours. Elle m'écouta avec une attention qui poussait à la confession. Elle partageait mes joies, mes rires, mes pleurs, mes craintes. Je n'avais jamais trouvé autant de similitudes avec une personne. Nous avions la même lueur dans les yeux, la même étincelle.

— Écoute ton cœur. Il ne nous ment jamais. Du reste, je suis là pour toi, me dit-elle en m'embrassant. Je me laissai dénuder par cette sublime créature et nous fîmes l'amour jusqu'à épuisement. Elle voulait que je ne pense à rien d'autre qui puisse me contrarier. Elle s'offrait, généreuse, entreprenante, sexy. Et je n'entendais plus rien des propos de Damien sinon les gémissements ensorcelants de Samantha. Je ne voyais plus le visage anxieux de Damien sinon le visage radieux de Samantha, la bouche ouverte, les yeux fermés, m'invitant en elle avec un appétit insatiable. Je ne voyais plus Précieuse et son amant, mais je m'extasiais des seins de Samantha et de ses formes envoûtantes tandis qu'elle me faisait, assise à califourchon sur moi, une danse sensuelle et enivrante.

Le téléphone crépita, une première fois puis une seconde fois. Samantha me dévisagea avec un sourire coquin. Je la lâchais en l'embrassant encore une dernière fois, comme pour la remercier pour cette dose d'adrénaline qu'elle me procurait chaque fois que nous faisions l'amour. Elle prit le téléphone et le porta à l'oreille.

— Je viens te chercher tout de suite. Ne bouge pas, j'arrive.

Elle se leva et se dirigea vers la douche tandis que je l'interrogeais du regard.

— Betty, la grande sœur de Lilian, mon ex petit ami, celui qui est mort dans l'accident. Elle sort de l'hôpital et ne veut pas rentrer chez elle, me répondit-elle.
— Je t'accompagne mon cœur, dis-je.

J'avais bien envie de connaître cette jeune femme qui prenait une certaine importance dans la vie de ma dulcinée. Lors du dîner d'il y a quelques jours, elle n'avait cessé de parler d'elle, de son petit frère, de son petit ami qui avait été emprisonné à tort et qui était désormais libre. Enfin, Samantha prenait beaucoup de place dans ma vie et je voulais tout savoir, aimer les personnes qu'elle aimait et détester celles qu'elle détestait.

- Mon cœur, pas besoin. Si tu veux, tu pourras passer à la maison un peu plus tard.

Je partageai son avis, l'aidai à s'habiller, matai encore ses belles fesses, l'embrassai à ne point vouloir la lâcher et la raccompagnai jusqu'à sa voiture. Je la regardai partir avec le pressentiment que tout ce que je vivais avec elle était beaucoup trop beau pour être vrai.

Chapitre 18

Karl ne comprenait pas l'entêtement de sa compagne. Il lui avait assuré que Touré ne lui ferait plus aucun mal mais celle-ci s'obstinait à aller se réfugier chez Samantha. Cette idée ne lui plaisait pas. Cela pourrait compliquer les plans s'ils devaient fuir, mais la jeune femme ne se sentait plus en sécurité chez elle. Elle redoutait tout l'enfer et l'horreur qu'elle avait vécus. Toutes les nuits, elle faisait des cauchemars. Elle voyait cet homme allongé sur elle, en train de la pénétrer.

Un cri déchirant la réveillait. Elle transpirait alors à grosse goutte. C'était un cauchemar. Il était toujours là. La psychologue avait eu plusieurs séances avec elle mais ça n'avait rien changé. Il y a des blessures qui ne guérissent jamais, des troubles auxquels on reste lié à vie. Karl ne pouvait pas la comprendre mais Betty ne comptait plus mener cette vie incertaine, dangereuse. Elle avait son plan. Elle s'enfuirait d'ici quelques jours le temps de se porter un peu mieux. Elle était arrivée au bout du chemin.

Mya pouvait garder Karl. Elle n'en voulait plus. Tous les amours ne sont pas accessibles. Durant sa vie entière, elle l'avait attendu mais la scène du viol et de la bastonnade lui avait fait comprendre que si elle s'entêtait à vivre avec lui, elle y laisserait sa vie. Au fond, il ne la méritait pas. Le ciel lui avait donné tellement de signes mais elle avait l'esprit obscurci par l'amour pour le comprendre. C'était désormais clair, Elle ne voulait plus de lui, même en peinture. Elle le détestait. Si seulement il savait.

Karl, debout sur son lit, parlait, argumentait mais Betty était intransigeante. Elle attendait Samantha pour mettre un terme à cette vaine attente, à ce bonheur utopique auquel elle s'était accrochée depuis des années.

— Mya t'a annoncé qu'elle est enceinte. Tu vas la demander en mariage. Pendant ce temps, tu veux que je patiente tranquillement dans cette maison et que tes patrons viennent me tuer si une autre chose t'échappe, dit-elle.

— Ne vois pas les choses de cette manière. C'est quasiment fini chérie, crois-moi, se défendit Karl.

— C'est déjà fini, c'est parce que tu ne veux pas le croire.

- Je fais tout ça pour nous mon cœur, je t'aime et je ne peux pas vivre sans toi, dit-il.

— Pendant ce temps, tu sautes Mya dans toutes les pièces de la maison. Tu pensais que je ne le savais pas. Il fut un temps, j'y croyais aussi. J'ai fait mettre des caméras de surveillance à sa résidence. Je te vois quand tu la fouilles, salaud.

— Ce n'est pas vrai, tu n'y as jamais mis les pieds.

— La femme de ménage, elle travaille pour moi. Comment penses-tu que Noam vous a surpris chez lui ?

— Tu blagues ?

— Certains hasards se créent mon chéri. J'ai démis la femme de ménage de ses fonctions. Tu vas le constater en rentrant. J'abandonne.

— Tu ne peux pas me lâcher maintenant, tu sais bien que je t'aime.

— Tu l'as enceintée, putain ! hurla-t-elle.

— Cette grossesse n'est pas de moi. Je suis stérile. Je ne peux pas avoir de mômes.

— Oui, c'est ça ! Tu mens comme tu respires.

— Je te le jure sur les tombes de mes deux parents.

— C'est la meilleure. Je t'attendais. Je t'ai toujours parlé de fonder une famille, d'avoir des enfants. Tu m'écoutais parler, m'encourageais à t'attendre alors que tu ne pouvais pas m'en donner ?

— J'ai voulu te le dire.

— Comme j'ai pu être idiote ! Va-t'en s'il te plaît.

— Mon cœur, je te donnerai tout ce que tu veux, on aura une famille, on adoptera autant d'enfants que tu désires. Je ferai tout et n'importe quoi pour toi. Ne me quitte pas, supplia-t-il.

— Va-t'en, s'il te plaît. Quand tu auras fini ta mission, tu sauras où me trouver. J'ai besoin d'un peu de paix pour digérer toutes ces horreurs.

— Je t'aime. Tout ce que j'ai pu faire, je l'ai fait pour nous. Ne l'oublie pas. Il lui prit les mains, elle se raidit mais le laissa faire. Tout tendrement, il les lui baisa en fermant les yeux. Karl sentit son cœur sortir de sa poitrine. Il posa avec un courage surhumain un autre baiser sur son front et

sortit sans se retourner. Il croisa Samantha à l'accueil. Il fit mine de ne pas l'avoir vue mais elle l'interpella. Il pleurait, elle eut aussitôt très peur, pensant à un malheur mais il la rassura.

— Je ne supporte pas de la savoir dans un tel état, dit-il.

— J'espère qu'on retrouvera les salauds qui lui ont fait ça.

— Oh, on les retrouvera. Je n'ai pas la moindre inquiétude.

Et je leur ferai la peau, dit-il en serrant les poings et les dents.

— Mon grand frère, laisse la police faire son travail. Je ne veux pas te voir à nouveau derrière les barreaux, prévint-elle.

Karl lui indiqua la chambre et fit mine de partir faire une course urgente pour Betty.

Chapitre 19

Samantha conduisit Betty à sa résidence. Elle était heureuse de lui apporter une aide pareille. C'était le moins qu'elle pouvait faire pour celle qu'elle avait toujours considérée comme sa grande sœur.

Elle l'installa dans une des luxueuses chambres de sa belle maison et donna des instructions fermes à sa femme de ménage. Betty devait avoir les moindres soins et attentions afin de récupérer très rapidement et d'oublier cette épreuve difficile sinon l'affronter la tête haute, attendant que la police mette la main sur les salauds qui avaient abusé d'elle.

Betty se sentait beaucoup mieux. Toutefois, elle ne souhaitait pas descendre de sa chambre et Samantha dut respecter son choix.

Noam proposa donc à sa dulcinée de sortir dîner. Mais alors que l'homme se garait au parking du restaurant, il crut apercevoir dans une voiture qui s'éloignait Karl, Damien et Touré. Il suivit la voiture du regard, figé sur le volant.

— Tout va bien chéri ? S'enquit Samantha qui ne l'avait pas quitté du regard.

— Je pense avoir reconnu dans la voiture qui s'éloigne là-bas trois personnes qui ne devraient pas être ensemble...

— Ah bon ? demanda Samantha curieuse.

— Karl, l'amant de Précieuse, Damien, mon associé second et Touré, l'homme de l'organisation qui dit diriger le pays.

— Waouh ! C'est impossible ! Que pourraient faire ces trois individus ensemble ?

— Je dois être fatigué ! Se convainc-t-il.

— Tu as besoin d'un bon massage sans aucune autre intention de la masseuse, dit-elle en souriant

— Or ce genre de masseuse d'exception ne court plus les rues

— Tu as des dons de devin, tu sais ?

Ils éclatèrent de rire. Ils descendirent, marchèrent main dans la main jusqu'au restaurant. Noam regarda sa compagne avec une satisfaction parfaite. Un jour, on rencontre une personne et le jour suivant, les vies sont liées. Vous partagez des mystères de la vie, de l'amour, du sexe. Vous vous découvrez nus. Vous vous attachez. Vous ne pouvez vivre l'un sans l'autre. Comme ça, du jour au lendemain.

Chapitre 20

Depuis l'annonce de sa grossesse, Mya était sur un petit nuage. Elle avait de nouvelles priorités. Plus rien ne comptait que ce bout de chou de Karl qu'elle portait en elle. Elle ne voulait plus entendre parler de séparation avec lui, bien au contraire, elle pressentait qu'il envisageait de la demander en mariage. Cet enfant était le signe que Dieu lui donnait. Karl était l'homme de sa vie même si elle pensait à Noam. Peut-être que ce qu'elle ressentait pour Noam n'était juste qu'une culpabilité. Rien de plus. Mais toutes ces questions, elle ne se les posait plus. C'était Karl l'homme de sa vie, l'homme avec qui elle allait avoir un enfant, se marier et tout partager.

Par ailleurs, elle allait le rejoindre dans un restaurant où il l'avait invitée à dîner. Il était une autre personne depuis qu'elle lui avait annoncé sa grossesse. Si elle l'avait connu avant, attentionné, devinant la moindre de ses intentions, de ses goûts, il s'était perfectionné en moins de deux semaines. Il était un cœur que la grossesse stressait un peu mais qui faisait tout pour lui plaire et pour la rassurer.

Ce soir, il lui montrait que son amour pour elle n'avait pas de prix. Le restaurant de cet hôtel cinq étoiles leur avait réservé sa plus belle table et concocté un dîner aux chandelles. Mya en avait les larmes aux yeux. La grossesse avait comme éveillé en elle une dose de sensibilité. Les hormones. Certainement. Ils dînèrent sous une langoureuse sélection de toutes les musiques que Mya adorait. Karl avait fait ça pour elle. Et dire qu'elle avait failli, une fois, tout foutre en l'air dans ses indécisions. Heureusement que ce malaise au bureau avait recadré les choses.

Karl était attentif à ses moindres besoins, attentionné comme un bon animal de compagnie.

Il lui prit les mains dans les siennes et lui chanta son amour, tout le bonheur qu'elle lui procurait depuis qu'il l'avait rencontrée par hasard au détour de cette rue, la magie de cette rencontre écrite par le destin et la joie extrême d'être père. Karl avait le verbe. Il savait manier les mots, les agencer pour en produire des sons agréables et plaisants. Il savait parler aux femmes, leur dire tout ce qu'elles voulaient entendre pour se laisser dénuder sans le réaliser.

Ce soir, les mots dont il usait étaient des caresses qui éveillaient ses sens. Elle avait envie qu'il la demande en mariage, et qu'il promette de ne jamais l'abandonner. D'être toujours là pour leur enfant et elle. Sans se faire prier, Karl s'agenouilla et réalisa le vœu secret de son cœur. Mya plaqua la main sur sa bouche. Elle en avait la confirmation. La réalité dépassait la fiction. Elle en avait des frissons sur tout le corps. Elle cria, si fort que tout le restaurant comprit que Karl venait de la demander en mariage. Il lui fit porter la bague de fiançailles. Il avait toute la nuit pour décider des dates et de tout ce qu'il y avait lieu de faire.

Damien et Touré, assis à la table du fond, levèrent leur verre en l'honneur des futurs mariés.

Sixième partie
Le bout du tunnel

Chapitre 21

1-

Mya arborait un joli ventre rond. Trois mois déjà qu'elle était mariée à Karl. C'était un homme merveilleux qui lui avait offert un mariage de princesse. Durant près de deux mois, la presse en avait fait les gros titres jusqu'à donner chaque semaine de nouveaux détails croustillants de ce moment unique.

Fatiguée par son état, Mya se faisait aider dans la gestion de l'entreprise par son homme qui présentait la carrure d'un homme d'affaires avisé. Son aisance naturelle donnait l'impression qu'il avait toujours fait cela et son épouse en était fière. Ensemble, ils avaient eu de nouveaux marchés et même le marché qui semblait leur échapper, les discussions avançaient plutôt bien. Toute l'entreprise adulait Karl. Il s'était vraiment intégré de même qu'il s'était intégré dans sa belle-famille. La mère de Mya avait baissé entièrement sa garde le concernant. Il faisait le bonheur de sa fille et c'était le plus important.

2-

Pourtant il était temps de cesser de jouer un rôle et de revenir à la réalité. Karl avait redouté cette heure mais l'appel de Touré était sans équivoque. Il était temps d'en finir. Il n'y avait pas deux capitaines dans un bateau, il était temps de prendre les commandes de l'entreprise. C'était l'aboutissement d'une œuvre longtemps espéré. Karl comprenait l'enjeu. La vie de Betty et la sienne en dépendaient. S'il faisait un faux pas, il savait ce qui l'attendait. Il tenait encore, à la descente de son véhicule, le flacon de poison que lui avait remis Touré quelques minutes plus tôt, lors du dernier briefing avant de passer à l'offensive.

3–

Mya avait cuisiné le plat préféré de son époux. Il la trouva assise dans le canapé, toute belle, dans une robe qui lui allait à ravir. Elle l'accueillit avec le sourire, l'embrassa, et monta dans la chambre avec lui pour son bain. Mya s'enquit des nouvelles de la journée tandis qu'il se douchait. Il lui expliqua que tout allait bien sauf qu'il était juste fatigué. Par la suite, ils descendirent dîner.

— Je te trouve bizarre, dit-elle
— C'est juste la fatigue mon cœur. Pas facile de remplacer une bosseuse comme toi, dit-il en fuyant son regard.

Après le dîner, ils visionnèrent une série à laquelle tous deux étaient accros depuis un moment. Karl proposa à Mya de lui apporter son bol de lait. C'était un caprice auquel elle s'adonnait depuis sa grossesse.

— Tu es un ange mon cœur, le complimenta-t-elle pendant qu'il s'aventurait à la cuisine.

— Je t'en prie mon cœur, répliqua-t-il. Il ouvrit le réfrigérateur, prit la bouteille de lait, remplit une tasse, fit le mélange avec la poudre dont il déversa tout le contenu et la lui porta. Non sans se servir une tasse pour lui-même. Ils trinquèrent à leur amour, vidèrent le contenu des tasses et Karl monta dans la chambre pendant que Mya s'affaissait sur le canapé.

Quand Karl descendit, il la trouva endormie, elle avait les yeux clos. Il prit les deux tasses ainsi que les cuillères, les mit dans un sac poubelle et sortit sur la pointe des pieds.

Chapitre 22

D'une habilité sans pareille, la porte de Noam fut ouverte par Max. Cette ultime mission, Touré comptait la faire avec lui. Mieux, pour couvrir leurs arrières, il y avait convié Damien. Les trois hommes s'étaient donc introduits discrètement dans l'appartement de Noam et l'attendaient. Par la suite, Damien l'avait appelé pour lui apprendre qu'il passerait le voir à son domicile. Noam promit de l'appeler une fois qu'il serait chez lui. Mais alors qu'il rentrait, il reçut l'appel de Samantha.

— Tu peux passer mon cœur ? demanda-t-elle.

— Il y a mon associé Damien qui souhaite passer chez moi dans une heure donc je suis en chemin, informa-t-il.

— C'est que j'ai très envie de te voir. J'ai eu le cœur serré tout à l'heure quand j'ai pensé à toi et ça m'a fait penser à quelque chose que j'ai déjà ressenti avec Lilian, confia-t-elle.

— Waouh ! Je suis censé faire quoi ? demanda-t-il. Elle souhaitait qu'il vienne chez elle, tout en étant prudent au volant. Et surtout ne répondre à aucun coup de fil. Il le lui promit, coupa la communication et s'exécuta.

À peine Samantha raccrocha que l'on sonna à la porte. Elle se précipita pour ouvrir. C'était Karl.

— Mon grand frère Xavier, ça fait un bail, dit-elle en l'invitant à entrer.

Il était nerveux. Elle lui proposa à boire. Il voulait quelque chose de fort. Elle lui proposa un whisky.

— Tu peux appeler Betty pour moi ?
— Betty ? Elle n'est plus ici. Elle est partie te rejoindre depuis un mois maintenant, annonça-t-elle. Karl éclata de rire, un rire nerveux qui effraya Samantha.
— La pouffiasse, elle m'a niqué ?
— Mon grand frère, il se passe quoi ? demanda Samantha, effrayée par l'attitude de Karl. L'homme vida son verre et vint s'asseoir auprès de la jeune femme dans le canapé trois places où elle était.
— Elle est où ? demanda-t-il en la dévisageant méchamment.
— Je n'en ai aucune idée. Elle m'a juste dit qu'elle te rejoignait dans votre nouvelle maison. J'ai voulu l'accompagner mais elle a refusé. Depuis, je n'ai plus eu de ses nouvelles. Son phone ne marche plus et je n'avais pas le tien.
— Non ! Non ! Betty ne peut pas m'abandonner. J'ai tout fait pour elle. Je viens de la tuer pour elle, confia-t-il avant de se rétracter. Prise de peur, Samantha voulut s'enfuir mais Karl la tint en respect en pointant son arme sur elle.
— Qu'est-ce que tu fais mon grand frère ? demanda-t-elle en sanglots.
— Tu vas me dire où tu planques Betty, dit-il en lui ordonnant de se lever. Elle s'exécuta. Ils firent le tour de la résidence. La jeune femme tremblait comme une feuille agitée par le vent.
— Calme-toi, mon grand frère, on va la retrouver, dit-elle

en tentant de le raisonner. Il devait cesser de pointer cette merde sur elle. Il suffirait d'un seul coup et elle serait morte. Elle n'avait pas envie de mourir. Elle avait envie de vivre.

— Qu'est-ce que tu sais ? demanda-t-il.

— Je ne comprends pas ta question mon grand frère.

— Qu'est-ce que Betty t'a dit sur nous, sur moi ?

— Mais que veux-tu qu'elle me dise ? Rien.

— Tu sais quelque chose, affirma-t-il.

Elle m'a dit que tu avais une nouvelle maison et qu'elle t'y retrouvait. Elle était tout heureuse de la nouvelle vie que vous alliez entamer. Nous sommes allées faire les boutiques, je l'ai emmenée chez ma coiffeuse pour se faire belle et elle t'a rejoint, dit-elle d'un trait comme si elle récitait le chapelet. Tout en lui, recommandait de faire confiance à cette âme apeurée, perdue mais il ne le pouvait pas. Elle mentait. Elle était le seul pont pour atteindre l'amour de sa vie. Elle était la dernière personne à l'avoir vue en vie et elle la couvrait. Ne feignait-elle pas en continuant de l'appeler mon grand frère Xavier alors que sa tête faisait la une de tous les journaux ? Elle connaissait sa véritable identité et c'était pour cela qu'elle s'entêtait à couvrir Betty, la raison pour laquelle il la tuerait elle aussi, si elle l'empêchait de vivre sa passion avec Betty.

Chapitre 23

Aux abords d'une rue, Noam reconnut Betty. C'était bien elle qui marchait sur le trottoir, juste devant lui. Il la dépassa légèrement et stationna en klaxonnant pour l'interpeller. La jeune femme fut heureuse de le voir. Il ouvrit la portière et l'invita à monter. Ils échangèrent quelques civilités dans une ambiance parfaite. Ils s'étaient toujours respectés et estimés durant son séjour chez Samantha. Plus d'une fois, Noam les avait même invitées à déjeuner, dîner, se divertir en compagnie des autres copines de sa bien-aimée.

— Tu nous as laissés sans nouvelles. Samantha s'inquiète véritablement, dit Noam.

— Je suis navrée. J'ai égaré mon téléphone et tous mes contacts, se défendit-elle sans convaincre.

— C'est vrai mais l'adresse de la maison n'a pas changé encore moins celle de son entreprise.

— Oui, ça, c'est vrai ! Je suis toute confuse, reconnut-elle.

— Tu permets que je l'appelle pour lui dire qu'on est ensemble ? demanda Noam. Betty parut un peu gênée mais ne trouva pas d'arguments pour refuser. Alors Noam passa l'appel.

Karl bondit sur le téléphone et donna des instructions à Samantha. Si elle informait une tierce personne de sa présence chez elle, elle était morte. Il l'obligea d'ailleurs à mettre le haut-parleur pour prendre la communication.

— Oui mon cœur, dit-elle en décrochant.

— Amour, je suis avec Betty.

Ce n'est pas vrai ? fit la jeune femme dont le regard s'illumina. Il y avait vraiment un Dieu pour entendre les prières des pauvres. Karl lui ordonna avec le regard et son arme de la faire venir à la maison.

— Attends je te la passe, dit Noam en joignant le geste à la parole.

Samantha pleura de joie en entendant la voix de Betty. Elle acceptait toutes ses excuses. Elle ne lui en voulait pas, ne la jugeait pas mais avait besoin de la voir aujourd'hui même, à l'instant pour l'amour de Dieu.

— Tu m'as trop manqué ma chérie. Je t'en prie, viens me faire un coucou.

— Ma puce, j'ai quelque chose de prévu. Je passe demain sans faute.

— Non ! S'il te plaît. Je t'ai tellement cherchée. Même cinq minutes me suffiront. Je te le demande à genoux ma grande sœur adorée.

— OK ! Juste cinq minutes, insista-t-elle.

— Promis, juré, dit Samantha.

— À tout à l'heure mon cœur, dit Noam qui coupa la communication.

Samantha et Karl prirent tous les deux une très grande inspiration. Karl se confondit en excuses en promettant à la jeune femme qu'il s'en irait avec Betty dès qu'elle se présenterait et qu'elle n'entendrait plus jamais parler d'eux. Il demanda un autre verre de whisky, qu'elle lui servit les jambes tremblantes. Elle s'assit aux côtés de Karl et ils se mirent à attendre.

Chapitre 24

Même la vue d'un fantôme ne pouvait produire un tel effet. Ni Betty encore moins Noam n'avaient bougé quand Samantha leur ouvrit la porte. Karl se tenait sous leurs yeux avec une arme pointée sur eux. Il les obligea à s'asseoir et à garder le silence.

— C'est les grandes retrouvailles à ce que je vois. C'est fou comme le monde peut être petit, dit Karl en dévisageant Noam et Betty.

— Espèce d'enfoiré, qu'est-ce que tu fais ici ? demanda Noam non impressionné par l'arme pointée sur lui.

Tu ne supportes pas qu'elle t'ait largué pour moi hein ! Apparemment, ta fortune n'a pas fait le poids face à mes coups de reins. Je suis un champion.

— Je vais te faire la peau, dit Noam en fonçant sur Karl.

— Je t'en prie mon cœur, ne fais pas ça, supplia Samantha en larmes. Elle n'osait y croire. Xavier n'était autre que Karl, l'amant et désormais l'époux de Mya. Son esprit avait refusé de faire le rapprochement quand elle avait vu les différents posters dans la presse. Elle n'en revenait pas.

— Alors mon cœur, tu voulais me fuir alors que nous sommes liés pour la vie ? dit Karl à l'encontre de Betty. Elle avait fermé les yeux. Elle n'aurait jamais dû monter dans cette voiture ou encore franchir cette porte. Elle s'était fait avoir. Samantha suppliait trop. Elle aurait dû comprendre. Elle poussa un long soupir.

— Qu'est-ce que tu veux ? demanda-t-elle tout calmement.

— Ce qu'on a toujours voulu mon cœur ! Je suis désormais à toi. Je viens de tuer Mya et le bébé qu'elle porte. Je vais de ce pas tuer le père, ce témoin gênant et la belle vie sera à nous.

— On a donc réussi mon cœur. Je savais que tu ferais tout et n'importe quoi pour moi. J'avais juste besoin de te mettre le dos au mur. Regarde tout ce que tu viens de réaliser par amour pour moi, je suis très fière mon amour. À ces mots, une profonde joie remplit le cœur de Karl. Il avait toujours rêvé que sa Betty soit fière de lui. Il y était parvenu. Betty l'encensa si bien qu'il lui demanda de se lever. Il sortit de son sac, une corde qu'il lui donna pour attacher Noam et Samantha.

Karl appela le Boss et ses hommes embusqués chez Noam.

— Mya, c'est OK. Noam et sa nouvelle compagne sont neutralisés. Venez faire le nettoyage au domicile de cette dernière. Il donna l'adresse et coupa la communication. Karl se servit le fond de la bouteille de whisky qu'il posa sans grande attention. Betty attacha Noam et Samantha et demanda à son chéri, qui savourait déjà sa victoire, la permission de leur expliquer le contenu de la mission qui s'achevait.

Le Ministre de la construction et son organisation avaient besoin des milliards des investisseurs pour financer leurs campagnes, pour corrompre et pour se maintenir au pouvoir. De ce fait, il fallait avoir la gestion des deux entreprises qui avaient la faveur des investisseurs après l'étude des appels d'offres. Vu que Noam était incorruptible, il fallait le déstabiliser en lui arrachant sa femme, en l'assassinant et en s'appropriant son entreprise.

Une fois mariée à Karl, Mya serait assassinée et l'entreprise reviendrait à Karl, un vendu avec un casier, qui comptait refaire sa vie à l'étranger avec moi. Telles étaient les clauses du contrat.

Il n'était pas question que je te rencontre Samantha ou encore que Noam et toi, tombiez amoureux. Quand je l'ai su, j'ai tout laissé tomber et je me suis enfuie. Pendant ce temps, j'avais déjà été tabassée et violée. Donc je savais que nous étions mêlés à une affaire qui nous dépassait. J'ai pris le risque d'abandonner Karl mais je n'avais pas encore trouvé le moyen de fuir le pays.

— Ça suffit, il faut qu'on en finisse, dit Karl pointant l'arme sur Samantha et Noam, leur demandant de faire leurs dernières prières.

Comme s'étant passé le mot, ils se fixèrent un bref moment, peut-être deux ou trois secondes puis fermèrent les yeux instantanément pour ne pas voir les balles déchirer leur corps. Un grand coup retentit. Un corps s'effondra en poussant un gémissement d'animal fauché dans son élan. Un second coup partit, ouvrit la boîte crânienne avec une violence accrue et une bestialité sans nom. Un silence ! Puis des sanglots, des larmes et des cris d'horreur. Étendu de tout son long, Karl baignait dans une mare de sang, son sang. Betty tenait encore en main, la bouteille de whisky ensanglantée. Samantha et Noam eurent peur d'ouvrir les yeux mais ils respiraient encore. Ils n'étaient pas encore morts. Ils se regardèrent, incrédules, incapables de placer un mot.

Betty, tremblant de tout son être, appela la police, détacha le couple, avant de se jeter en pleurs sur le corps sans vie de Karl, l'amour de sa vie, à qui elle venait d'arracher le dernier souffle. Samantha fondit en larmes en s'agrippant à Noam qui la serra de toutes ses forces.

Impression : BoD – Books on Demand, In
de Tarpen 42, Norderstedt (Allemagne)
Dépôt légal : Août 2023

Pour

Théophile Touali
www.theophiletouali.com